魔法十年屋 3

拒絕委託的十年屋

文 廣嶋玲子
圖 佐竹美保
譯 王蘊潔

魔法十年屋3　拒絕委託的十年屋

目錄

序章

有些心愛的物品，即使壞了也捨不得丟。

正因為是充滿回憶的物品，所以也希望可以把它們好好保管在某個地方。

無論是有意義的物品、想要保護的物品，或是想要保持距離、不想見到的物品……

如果您有這樣的物品，歡迎光臨「十年屋」。

本店將連同您的回憶，妥善保管您的重要物品。

1 來自大海的朋友

位在海邊的約格市，每年都會舉辦盛大的海神節，這是約格市一年一度最盛大的節日。每年的海神節都要整整慶祝三天，在這三天的期間，到處都是販賣美食的攤位、樂隊，還有馬戲團的帳篷，所有孩子都發自內心期待這個節日的到來。

八歲的少女妮琪也很期待。

海神節舉辦的第一天早晨，妮琪一口氣衝下通往海邊的坡道。

裝在側肩背包裡的裸麥大麵包，是要供奉給海神珂爾格的禮物。按照習俗，必須在海神節的第一天把禮物供奉給海神。

妮琪原本打算和媽媽、弟弟一起來，但是弟弟動作拖拖拉拉的，所以她就自己先出門了。她打算趕快把麵包供奉給海神，就要去街上。妮琪想著：今年專門賣雪莉糕的攤位，應該也會來擺攤。

雪莉糕是一種在派皮裡填入鮮奶油，然後在表面裹上砂糖的糕點，貝殼的外形讓人愛不釋手，但是每年只有在海神節的時候才能吃到。

妮琪現在滿腦子都想著雪莉糕。

妮琪今天要買很多的雪莉糕。她在這一年存了很多零用錢，就是為了在海神節時開懷大吃。

妮琪來到海邊，海面風平浪靜，閃耀著藍色的光芒，可以感覺到海神的心情很好。白色的沙灘上有很多人，大家紛紛把麵包丟進海裡。

妮琪也用力把麵包丟進海中。分量十足的裸麥麵包慢慢沉入水中，她想著，海裡的魚兒一定會把自己的麵包送去海神的宮殿。

「我們用小小的麵包表達內心的感謝，請海神收下，希望您繼續帶給我們豐富的海產。」

妮琪一口氣說完祈禱的話，便急忙想要跑去街上。她要在雪莉糕賣完之前趕去攤位，而且她還要買淋了鮮奶油的草莓和烤得胖嘟嘟的香腸。對了，還要去看木偶戲。

但是，就在這個時候，妮琪看到了一樣神奇的東西。

「咦？那是什麼？」

有個圓圓、透明的東西被海水打上了沙灘。

妮琪好奇得不得了，忍不住走過去，並把它撿了起來。

那是一顆比手掌小一點的圓球，就像玻璃一樣澄澈透明。

透明的圓球內有一個不可思議的動物，外形看起來很像海馬，身體卻是令人眼睛一亮的深藍色，牠在圓球中游來游去，銀色的鰭在水中翩然飄動。

妮琪忍不住激動起來，沒想到自己竟然能發現這麼美妙的東西。她實在太興奮了，甚至連要買雪莉糕的事都被她忘得一乾二淨。

但是，正當她想要把那個東西帶回家時，妮琪想起了海神節的規定——在海神節舉辦的期間，絕對不能把海洋的東西帶回家。不僅不能捕魚、撈蝦和抓螃蟹，就連海邊的小石頭和貝殼也不能撿回家，一旦破壞這個規定，就會遭到海神的懲罰，整個城市都會隨之遭殃。

這顆透明球和裡頭的小動物都是在海邊發現的，所以也是來自海洋的東西。一旦把牠們帶回家，就會破壞規定。

妮琪嘆了一口氣，打算把透明球放在沙灘上，結果卻發現玻璃球內的動物正在注視著她。在小動物可愛雙眼的注視下，妮琪覺得自己被深深打動了。

「啊，不行，我絕對不能放掉這麼可愛的小動物。如果我把牠留在海邊，陽光這麼強烈，很可能會把牠晒死。我要救牠，沒錯，我是為了救牠，才會把牠帶回家。」

妮琪為自己找了個藉口，就這樣把透明球放進了側肩背包。幸好這件事沒有被任何人看到，她順利的回到了家裡。

這時，媽媽和弟弟庫庫正準備要出門。

「妮琪，你怎麼這麼快就回家了？我還以為你去街上了。」

「嗯，因為我忘了帶東西。」

「那你要不要和我們一起出門？」

「不用了，你們先走沒關係，我還要做一下其他的事。」

「是嗎？」

「媽媽，趕快走啦。」

「好啦好啦。妮琪，那就等會兒見嘍，你出門的時候記得要把門鎖好。」

「姊姊，待會兒見。」

「嗯，路上小心。」

妮琦送媽媽和弟弟出門後，立刻衝進自己的房間，把透明球從背包裡拿了出來。透明球冰冰冷冷的，摸起來有種溼溼的感覺，看起來不像是用水晶或玻璃做的，而是真正用水凝結而成的物體。

妮琦注視著透明球中的小動物。

「對不起，剛才一直晃來晃去，你會不會頭暈？」

妮琦關心的問，但那個小動物只是活潑的轉了一圈，然後睜大眼睛四處打量。牠似乎對人類小孩子的房間感到很好奇。

妮琦拿著透明球，在房間內走來走去。

「這是吊床，可以睡在上面。」

「這是信件，是叔叔寄給我的。」

「這是釣鉤，是我自己用魚骨做的。」

妮琦帶牠參觀自己的房間，拿出許多東西向牠介紹。

這隻藍色小動物似乎很喜歡蠟燭的火，雖然第一次看到的時候好像嚇了一跳，但之後卻一直盯著火看，而且還看得很入迷。妮琦猜想，這應該是因為牠生活在海中，從來沒有看過火，所以才覺得很新奇。

「你真是太可愛了！我好想一直和你在一起。」

妮琦為這隻藍色小動物取名為「次姆」，決定不讓牠再回去大海裡。從今以後，牠就是自己的祕密朋友。想到自己房裡藏了一個小小的朋友，她忍不住覺得興奮不已。

妮琦不想出門參加海神節，一整天都在家裡看著次姆，而且越看越覺得牠實在是太可愛了。次姆似乎也很喜歡妮琦，不斷的在透明球中發出咻嚕咻嚕的撒嬌聲音。

到了傍晚，家人都回家了，妮琦只好把裝了次姆的透明球放進櫃子的抽屜，以免被人發現。

「我吃完飯馬上回來，我會帶點麵包屑給你吃。」

妮琦和次姆約定好之後，便若無其事的走出去吃晚餐，和家人一起聊天。

「妮琦，你去了哪裡？我們在街上都沒有看到你。」

「我去了街上啊，因為我到處走來走去，所以沒有遇到你們。」

「嗯，有可能，今天路上人潮很多。你有買雪莉糕嗎？」

「沒有，但我有更棒的東西。」

「你一定又亂花錢了吧？你買了什麼？」

「呵呵呵，這是祕密。我累了，要先去睡覺了，晚安。」

妮琪很快的離開了餐桌，在回房間之前，她把一個比司吉偷偷放進了口袋。

等到走進房間，妮琪才終於鬆了一口氣。因為弟弟庫庫都和媽媽一起睡覺，所以妮琪可以和次姆單獨在一起。

妮琪一邊慶幸著庫庫年紀還小，一邊從抽屜裡把透明球拿了出來。次姆開心極了，在透明球內又蹦又跳。

「對不起，你剛才很寂寞嗎？今天晚上我哪裡都不會去。啊，我帶了比司吉給你……但是要怎麼送進去呢？」

妮琦偏著頭感到苦惱，但還是剩了一小塊比司吉，輕輕碰了碰透明球，沒想到比司吉立刻被透明球吸了進去。

次姆游到被吸進透明球的比司吉旁，似乎在用鼻尖嗅聞味道。然後牠咬了一口，津津有味的把比司吉吃完了。

「太好了，你喜歡比司吉對吧。」

妮琦把剩下的比司吉全都送進了透明球。

次姆吃飽後似乎是想睡覺了，牠在透明球內把身體縮成一團，就這樣睡著了。

妮琦手裡拿著透明球，睡在自己的吊床上，一直看著已經睡著的次姆，然後也在不知不覺中進入了夢鄉，而且她的夢境充滿了大海般的藍色。

✲

第二天，妮琪被嘩啦嘩啦的聲音吵醒了。

「怎麼回事？外面怎麼那麼吵？」

妮琪揉著眼睛打開窗簾，立刻大吃一驚。

妮琪家可以看到海，今天的大海波濤洶湧，白色的海浪又高又凶猛，簡直就像是有無數匹狼在奔竄。壓在海面上的烏雲也發出轟隆隆的可怕聲音，不時閃著金色的閃電。昨天還風平浪靜，今天卻完全變了個樣，毀了難得的海神節。

想到這裡，妮琪忍不住擔心起來。

這該不會……是因為自己破壞了規定吧？因為自己把來自大海的次姆帶回家，所以海神發怒了？不，這怎麼可能呢？不可能會有這種事，一定是突然來了一場暴風雨，海面才會這麼不平靜。

妮琪一邊安慰自己，一邊換好衣服，然後下樓走去廚房準備吃早餐。

爸爸和媽媽都在廚房，他們面色凝重的一起準備早餐。妮琪不敢輕易靠近，於是就在廚房門口停下了腳步，偷聽爸爸、媽媽在說什麼。

媽媽嘆著氣說：

「今天風雨這麼強，那些攤販應該不會出來擺攤了，我想樂隊也會躲在帳篷裡，不出來表演。」

「這也是理所當然啦。但是太奇怪了，往年每逢海神節都是晴天，第一次遇到像這樣的暴風雨。」

「你有沒有看到天空的烏雲？我有一種不吉利的感覺，太可怕了。」

就在這時，門外響起一陣咚咚咚用力敲門的聲音。

敲門的人是附近的漁夫，他可能是一路跑著過來，所以不停的喘著氣。

「喂，怎麼了？出了什麼事嗎？」

「對，出事了，出事了，出大事了。」

漁夫驚慌失措的對妮琦的父母說：

「這場暴風雨似乎不是普通的暴風雨，海巫婆說，這是海神在發怒。」

「什麼！」

「這、這該不會是……」

「沒錯，好像有人破壞了規定。海巫婆等一下要挨家挨戶的找出那個不守規定的人，所以今天大家都不要出門。我得先走了，還要去通知其他人才行。」

漁夫說完，又匆匆忙忙的離開了。

妮琦的媽媽嘆著氣說：

「簡直難以置信，約格市竟然有這種不遵守規定的人。」

「就是說啊。我們就先等海巫婆上門吧，得先叫兩個孩子起床，為他們換好衣服。」

「好啊。」

站在一旁偷聽的妮琪嚇得臉色發白，心臟發出「撲通撲通」的可怕聲響。

暴風雨、海神發怒、不遵守規定的人……

妮琪沒辦法再為自己找藉口了，這場暴風雨果然是自己造成的。雖然妮琪很清楚這件事，但她依然不願意放棄次姆。不管大海再怎麼波濤洶湧，就算毀了海神節，她還是想要擁有那隻不可思議的小動物。

妮琪感到很愧疚，但是內心的欲望卻戰勝了愧疚感。

但是她該怎麼做呢？海巫婆肯定一眼就會識破妮琪就是那個不

遵守規定的人，大家也會很快就找到次姆，把次姆帶走。要在被大人發現之前，把次姆藏到誰都不會發現的地方。

妮琦馬上回到自己的房間，從吊床上拿起透明球。就在這時，她嚇了一大跳，因為當她拿起透明球時，有個薄薄的東西滑到了她的手上。

那是一張對折的卡片，深棕色的卡片散發出神奇的溫暖感覺，上面用金色和綠色畫著蔓草的圖案，還用銀色墨水寫著「十年屋」三個字。

卡片背面寫著以下的內容：

有些心愛的物品，即使壞了也捨不得丟。

正因為是充滿回憶的物品，所以也希望可以把它們好好保管在某個地方。

無論是有意義的物品、想要保護的物品，或是有想要保持距離、不想見到的物品……

如果您有這樣的物品，歡迎光臨「十年屋」。

本店將連同您的回憶，妥善保管您的重要物品。

妮琦明明知道現在必須趕快逃走，或是把次姆藏起來，不能浪費一分一秒，但她的雙眼卻緊緊盯著手上的卡片，無法移開。

「十年屋，十年屋……」妮琪以前從來沒有聽過這個名字，「這一定是哪家店的店名，而且那裡還可以替客人保管重要物品。既然這樣……說不定也可以幫忙保管次姆。」雖然妮琪不知道那家店在哪裡，但她覺得如果是十年屋，應該可以放心把次姆交給他們。

「卡片裡可能有寫地址或是地圖。」妮琪試著打開卡片，立刻被一片金色的光芒包圍，卡片發出了像蔓草般的光帶。

雖然妮琪感到很驚訝，但她完全不害怕。該怎麼說呢？那種感覺簡直就像是慢慢沉入溫暖的金色水域。

而且她聞得到一股香氣，就跟剛出爐的雪莉糕一樣香甜，還帶著肉桂般辛香的味道。

妮琪忍不住陶醉的閉上了眼睛。

當她睜開眼睛時，眼前出現了陌生的景象。

「咦？」

她剛才明明是在自己的房間，現在卻站在外面。

放眼望去是一條鋪著石板的小路，旁邊則是整排用紅磚建造的房屋。眼前的灰藍色濃霧把整條街道籠罩在一片朦朧之中，散發出淡淡的銀色光芒。這片霧氣似乎也將聲音收攏了起來，聽不到半點聲響。

整條街道光線昏暗，陷入一片寧靜，分不清楚是白天還是晚上。只有一棟房子亮著燈，妮琪緊張的朝那間房子走去。

那間房子有一道白色的門，鑲嵌在門上的彩色玻璃是藍色勿忘草的圖案，上方還刻著「十年屋」三個字。

「十年屋！那就是卡片上寫的店名，原來那家店就在這裡。」妮琪看著店名感覺更緊張了。

她有很多搞不清楚的事：為什麼自己會在這裡？十年屋到底是怎樣的一家店？但是她知道一件事，這些問題的答案就在那扇白色

大門內。

妮琦鼓起勇氣打開大門，門上的鈴鐺發出了叮鈴鈴的清脆鈴聲。

「你、你好……」

妮琦戰戰兢兢的走進店面，發現店內像是存放物品的倉庫。書、壞掉的留聲機、破盤子、裝了很多戒指的果醬瓶、珍珠項鍊、破了洞的靴子、生鏽的刀劍、人偶，還有面具。

陳舊的物品、高級的東西、看起來像破銅爛鐵的雜物全都堆放在一起，還有一些東西堆得像柱子一樣高，幾乎堆到了天花板附近。

妮琦穿過物品之間的縫隙往裡面走，看到後方有一個櫃臺。

一個戴著細細銀框眼鏡的年輕男人坐在櫃臺前，他有一頭栗色的蓬鬆長髮，還有一雙神奇的琥珀色眼睛。不管是他的五官還是動作，感覺都很溫文儒雅。他穿了一件筆挺的白色襯衫，搭配深棕色的西裝背心和長褲，脖子上還繫了一條讓人聯想到大海的深藍色絲巾。

那個人對妮琪露出微笑，開心的向她打招呼。

「歡迎光臨，歡迎你來到十年屋。」

他彬彬有禮而且語氣真誠，把妮琪這樣的小孩子也視為客人對待。光是這一點，就讓妮琪感到很高興。

「原來這裡就是十年屋。」

「沒錯，我是這家店的老闆，請叫我十年屋。」

「你的名字和這家店一樣嗎？」

「不，我還有本名，但我喜歡別人叫我十年屋，因為我的本名很長，而且我自己也不太喜歡。裡面請，我們慢慢聊。」

十年屋帶妮琪來到後方的房間。

後方的房間和店面不同，整理得很乾淨，也打掃得一塵不染。牆面貼著白色和金色的常春藤圖案壁紙，地板則鋪著酒紅色和銀色方格圖案的地毯，大大的壁爐前方放著一張漂亮的茶几和沙發，一看就知道是接待客人的會客室。

「管家正在準備茶水，請先坐在沙發上休息一下。」

妮琦順從的在沙發上坐了下來，這時，從更裡面的房間，走出了一個矮小的身影。

一隻橘色的貓咪快步走來，除了一身毛茸茸的橘毛，牠還穿了一件有銀色刺繡的黑色天鵝絨背心，脖子上繫著一個可愛的黑色領結，手上的托盤擺放著茶壺和茶杯。

橘貓把茶壺和茶杯放上茶几後，轉頭對妮琦說：

「歡迎光臨喵。」

橘貓像綠寶石的雙眼閃閃發亮，用可愛的聲音向她打招呼。

「比司吉就快烤好了喵，請再稍等片刻喵。」

看到貓咪竟然會說話，妮琦驚訝得嘴都合不攏了。

十年屋對貓咪說：「對了，客來喜，把雞蛋也一起送上來，這位客人還沒吃早餐。」

「好的喵。」

橘貓說完之後，再度走進後方的房間。

妮琦驚訝得整個人愣在原地，十年屋笑著對她說：

「牠是我的管家貓客來喜，是很細心機靈的優秀管家。」

「牠、牠剛才說話了。」

「對，在這裡是很正常的事。」

聽到十年屋的回答，妮琪終於恍然大悟。

她能一下子就來到這個神奇的地方，而且貓咪會說話，這些事在這裡都很正常，因為這裡是充滿魔法的地方。

「十年屋先生，你是魔法師嗎？」

「對。」

「你為什麼帶我來這裡呢？」

「並不是我帶你來這裡，而是你需要這家店，需要我的魔法，所以邀請函才會送到你的手上。」

「邀請函？你是說那張卡片嗎？」

「我們十年屋是專門為客人保管各種物品的店家，可以保管那些目前不適合留在身邊，但又不想丟棄的東西，或是想要暫時藏起來的東西。本店為客人保管的物品，最長可以保管十年，但是客人必須支付一年的時間作為代價……你是不是也有想要委託我們保管的東西呢？」

妮琦還來不及回答，那個叫客來喜的管家貓就回來了。手上還拿著一大籃剛出爐的比司吉、無花果果醬和白煮蛋過來。

十年屋笑著說：

「你先吃點東西填飽肚子，等一下我們再慢慢聊。你這個年紀，不吃早餐的話，對身體很不好。」

妮琪高興的開始吃早餐。她的肚子餓得咕嚕咕嚕叫，而且她也很想吃吃看貓咪做的比司吉是什麼味道。

比司吉好吃得不得了。熱騰騰的比司吉口感鬆軟，本身就已經香氣四溢了，再加上滿滿的無花果果醬，簡直就像是置身於人間天堂。撒了鹽的白煮蛋味道也很濃郁，她以前從來沒有吃過這麼好吃的白煮蛋。

十年屋為她倒了加入大量牛奶的奶茶，奶茶很好喝，妮琪一口氣就喝完了。

正當她想要伸手再拿一個比司吉時，她突然想到了一件事。

真想讓次姆也嘗嘗看這麼好吃的比司吉，牠一定會很喜歡。

「啊！」

妮琪像是被雷打到一樣愣在原位。

「慘了！」她竟然把次姆的事忘得一乾二淨，那顆透明球還留在房間裡，馬上就會被別人發現了，「啊，完蛋了，次姆、次姆……」

妮琪驚慌失措，正準備站起來的時候，她發現自己的手心上，出現了一個冰冰涼涼、帶有一點分量的東西。

「咦！」妮琪看著自己的手心，發現自己手上正握著那顆透明球，而且次姆也在裡面——牠一看到妮琪，立刻開心的游來游去。

「剛才透明球明明不在這裡，為什麼會突然出現？這是怎麼回事？」妮琪大吃一驚的說。

十年屋平靜的回答：

「不用太驚訝，牠是因為你的呼喚才出現在這裡，這家店的運作模式就是這樣。那是你想委託我們保管的東西嗎？能不能讓我看一下呢？」

「請、請看。」

妮琪雖然還有點不知所措，但她順從的把透明球放在桌上。十年屋探頭看著透明球，妮琪以為他一定會很驚訝，沒想到魔法師無奈的嘆了一口氣說：

「哎呀……殿下，你在這裡做什麼？」

次姆聽到魔法師的聲音，害羞的用鰭遮住了臉。

妮琪再次大驚失色。

「你、你認識牠？」

「對，牠是海神的第四十五個孩子，因為年紀還很小，所以住在保護水球裡，但牠其實應該住在珍珠宮裡才對啊。」

十年屋轉頭向次姆說：「殿下，你的父親有同意你來陸地嗎？」

次姆把身體縮成一團，背對著十年屋。

「我就知道……希望沒有因此引起麻煩事……」

妮琪急忙對嘆氣的十年屋說：

「呃……那是我撿到的東西，因為這顆球被海浪打上了沙灘。雖然我知道海神節的時候，不能拿走來自大海的東西，但我不忍心把牠留在那裡。」

「這件事情你做得沒錯！如果讓牠持續在陽光下曝曬，保護水球就會蒸發。」

聽到十年屋說自己做了好事，妮琪立刻打起了精神，心想：「沒錯，我根本就沒有做錯事。」

「但是我撿了次姆之後，暴風雨就來了。左鄰右舍都說海神發怒了，大家都在找次姆，所以我想在大家放棄找次姆之前，請你代我保管這個透明球。」

妮琪相信這件事應該不需要花太長的時間，只要暴風雨平息，她就會來接次姆回家。

妮琪真心誠意的拜託十年屋。

不過十年屋卻露出平靜的眼神看著她說：

「沒錯，本店可以代客保管所有的東西，我們也有能力做到。」

「那就……」

「但是我無法為你保管這個，因為這位海王子並不屬於你。」

「為什麼？」妮琪的眼淚在眼眶中打轉，「這家店不是可以代為保管重要的東西嗎？次姆是我很重要的朋友！」

「正因為如此所以不行。我剛才也說了，只要我願意，我可以為客人保管任何東西，但是，當我發現那樣東西並不屬於客人所有時，我就會拒絕委託。請你了解這一點，朋友並不屬於你，無論牠對你而言有多重要都一樣。」

這番話尖銳而強烈，深深的刺進了妮琦心裡，讓她無言以對。她很想出言反駁，卻說不出任何反對的話。

十年屋看到少女哭喪著臉，於是用溫柔的聲音對她說：

「你剛才不是說出現了暴風雨嗎？還說大家都覺得是海神在發怒，也許大家說得沒錯。」

「啊？」

「海神的悲傷和憤怒會帶來洶湧的波濤和暴風雨，照這樣下去，跟你住在相同城市的漁夫，他們一輩子都無法出海捕魚了。因為只要你的朋友不回家，海神就無法平靜下來。」

「……」

「海神現在一定是拚命在找自己的孩子，因為心愛的孩子不見了，所有的父母都會很難過……你想想看，如果你不回家，你的家人不是也會很擔心嗎？」

妮琪聽了十年屋的話，終於心甘情願的投降了。她覺得十年屋很厲害，能夠用這種方式說服自己。如果他直接訓話或是命令她：「趕快還回去。」妮琪一定不願意照做，而且還會堅持說：「我不要。」但是十年屋用「家人」來說服她……

妮琪悄悄的注視著次姆。

次姆在水球中顯得很沮喪，牠低著頭，圓圓的眼睛含著淚水。

十年屋說的話一定也打動了次姆的心。

「你要……回家嗎？想回家嗎？」妮琪小聲的詢問。

次姆看著她，然後輕輕的點了點頭。

看到牠點頭的樣子，妮琪覺得包覆在自己心頭上的最後一塊冰也融化了。

她拿起次姆的透明水球，跳下沙發。

「打擾了，我……我們要回家了。」

「這樣做很好。」

十年屋面帶微笑，把妮琦送到那道白色大門前。

妮琦一打開門往店外踏出一步，就立刻回到了自己的房間。即使回頭看，也已經看不到那道白色的門，還有那間堆滿陳舊物品的商店。當然，送她到門口的魔法師也不見蹤影了。

妮琦忍不住嘆了一口氣。

就在這時……

「妮琦，你起床了嗎？海巫婆可能馬上就要到了，你趕快起床換衣服。」

門外傳來媽媽的聲音，還能聽到媽媽走近房間的腳步聲。

「糟糕，要在媽媽和海巫婆發現之前，把次姆送回大海。」

妮琪決定打開窗戶，從窗戶逃走。

但是她一打開窗戶，強風就順勢吹了進來，把她整個人吹得倒向後方。她第一次遇到這麼強勁的風，雖然現在還沒有下雨，但是空氣很潮溼，而且有股鹹鹹的味道——這絕對是從海上吹來的風。

「要是不快點把次姆送回去，就要發生可怕的事了。」妮琪想。

妮琪被強風吹得東倒西歪，但還是緊緊抓著透明水球，費力的爬出窗外。她跨過露臺的欄杆跳進院子，跳到柔軟的泥土和草皮上。

妮琦往海邊走去，一路上沒看到半個人影。每戶人家都緊緊關上了遮雨窗，所有人都躲在家裡。妮琦很慶幸，這樣就沒人會看到她了。

但是外頭的風勢太過強勁，吹得她走路都走不穩，有好幾次差點在石板路上滑倒，身體也差一點像樹葉一樣被吹了起來。

當她終於抵達海邊時，妮琦已經精疲力竭，頭髮亂得像鳥巢一樣，手上和腳上也到處滲著血，不知道是不是被風吹來的樹枝或小石頭劃傷了。

即使如此，她還是一步接著一步的在沙灘上走著，朝大海靠近。

她從沒看過大海的波濤這麼洶湧，從海上打過來的銀色大浪就像是張開的獠牙，發出「嘩嘩嘩」的可怕聲音，接連撲向陸地。不光是海邊，好像整個城市都快被吞噬了。

風從前、後、左、右襲捲而來，不斷把妮琦推向海面，簡直就像在叫著：「就是她！她就是做壞事的小孩！趕快把她吃掉！」，彷佛要把妮琦當成獻祭給海神的活供品。

冰冷的浪花淋溼了妮琦的身體，鹹鹹的海水滲進她的嘴裡，感覺好像是眼淚的味道。

妮琦能感覺到海神在發怒，海神在難過，因為祂的孩子不見了。

妮琦看著透明水球中的次姆，次姆也一臉難過的看著她。次姆知道離別的時刻到了。

「希望可以再見面……次姆，再見了。」

妮琦說完，便把次姆交給撲向沙灘的巨大海浪。透明水球離開了妮琦的手，就此消失在大海中。

妮琦也差一點被海浪捲走，但她用力站穩腳步，逃回安全的地方。

這時，她已經全身溼透了。剛才海浪從她的頭上打下來，讓她的身體冷得像是冰塊一樣，所以她更感覺到自己的眼淚有多熾熱。

「再見，次姆，再見了。」

她轉過身，背對波濤洶湧的大海，哭著回到了家裡。

妮琦茫然的看著窗外。她看到了大海，今天的海面很平靜，藍色的大海閃耀著波光，那一大片湛藍讓她想起了失去的朋友。

她嘆了一口氣，忍不住咳了起來。她的感冒還沒有完全好。

她把次姆送回大海已經四天了。暴風雨那天她全身溼透又吹了寒風，結果就感冒了。爸爸和媽媽狠狠的罵了她一頓，質問她：「為什麼在這種暴風雨的日子出門，而且還跑去海邊？」除此之外，她還飽受了咳嗽和頭痛的折磨。

唯一慶幸的是，暴風雨終於停止了。她把次姆送回大海不到一個小時，暴風雨就像退潮般平息了。所以隔天大家還是繼續慶祝海神節，但妮琪因為感冒所以無法參加。

然而，即使暴風雨平息了，妮琪的罪過並沒有消失。

而且兩天後，妮琪更加明白這件事——

在暴風雨平息之後，海巫婆仍然鍥而不捨的尋找那個破壞規定的人，海巫婆來到了妮琪家，她一看到在吊床上發抖的妮琪，立刻用尖銳的聲音冷冷的說：「自作自受！」

於是，約格市的所有人都知道是妮琪破壞了海神節的規定。

那天之後，妮琪一直躲在自己的房間裡。雖然感冒已經好了許多，但是爸爸和媽媽依舊將她禁足，叫她：「不准走出房間！」就連弟弟庫庫也不來房間找她玩。

妮琪一個人很孤單寂寞，她把耳朵貼在門板上聽門外的動靜，有時候會聽到爸爸和媽媽吵架的聲音。

「今天大家都在數落妮琪，以後該怎麼辦才好？」

「可是也不可能只讓她一個人離開這裡。如果要搬家，那就全家一起搬。」

「那工作怎麼辦？」

聽到爸爸和媽媽的對話，妮琦的心情更沮喪了。

這個城市的人似乎都討厭妮琦，大家都在背後對她指指點點，罵她「活該」、「不守規矩的人」。可能以後只要發生任何不好的事，大家都會覺得是妮琦闖的禍吧。

所以妮琦的爸媽打算搬離這個城市。爸爸現在每天都很早出門，晚上也很晚才回家，似乎正在努力尋找其他地方的工作機會。如果爸爸找到了工作，他們應該就會搬家了。無論最後搬去哪裡，一定都是遠離大海的地方。

妮琦感覺有千頭萬緒湧上心頭。

當她回過神時，她已經打開窗戶離開了自己的房間。她跳到院子裡，跑向海邊，然後來到那片沙灘。一路上，沒有人瞧見妮琦，她也沒有遇到任何人。

海面風平浪靜，和四天前看到的景象相比簡直是天差地別。輕輕打向沙灘的海浪，好像為沙灘鑲上了白色的蕾絲，清澈的海水也像天空一樣湛藍。

次姆居住的珍珠宮就在這片美麗的海底。

「次姆，不知道你過得好不好……」

妮琪這幾天都在哭泣，但是此刻她又悲從中來。她揉著眼睛把腳伸進水裡，因為她光著腳一路跑過來，所以腳底傳來了陣陣刺痛。

但是，當她走到水邊時，海水突然湧了上來，變成一道大浪打了下來。

海浪打溼了妮琪全身，讓她一屁股跌坐在地上，難過得哭了起來。海神似乎還在生妮琪的氣，也許她這輩子再也不能靠近大海了。

但是，當她哭著想要站起來時，發現自己的周圍閃動著亮光。那是一顆海琥珀，是大海中難得一見的珍貴寶石，也被稱為人魚的眼淚。妮琪的周圍有很多海琥珀，而且每一顆都像葡萄那麼大。剛剛她靠近海邊時完全沒有看到，難道這些海琥珀是剛才那道大浪送過來的嗎？

妮琪小心翼翼的撿起一顆海琥珀，海琥珀從藍色變成綠色，又從綠色變成金黃色，顏色不停的變化。妮琪注視著寶石，寶石的美麗撫慰了她的心。

這時，妮琪聽到了「咻嚕嚕」的輕笑聲，那是她以前曾經聽過的奇特笑聲。

「次姆？」

她急忙四處張望，但是卻沒有看到朋友的身影。

但是，妮琦現在完全振作起來了。

她知道這些海琥珀是次姆送給她的禮物，她決定心存感激的收下，而且還要分給左鄰右舍，只要大家看到這些海琥珀，就會知道海神已經不生妮琦的氣了。

「次姆，謝謝你！下次我會帶很多好吃的比司吉給你！」

妮琦對著大海吶喊，然後開始撿拾海灘上的海琥珀。

2 醉翁的記憶

這一天，木工葛茲的心情很好，因為他花了三個月建造的房子終於完工了。

他對自己這次建造的房子很滿意，客人也很高興，所以付給他一大筆工錢，像今天這種喜上加喜的日子可不常見。

「要怎麼運用這筆錢呢？首先要拿一半當生活費，另外還要花點錢保養工具，再稍微存一點錢……嗯，之後還會剩下不少呢。要怎

麼使用剩下的錢呢？」葛茲已經下定了決心。

葛茲的太太和他一起共同努力了十五年，從來沒有對他提過任何要求，總是一心一意的守護家庭，張羅家裡的大小事，他想送個出色的禮物給太太。

葛茲興奮的來到時尚店家聚集的鬧區，他走進每一家商店，看了許許多多的商品，最後終於找到了讓他滿意的禮物。

那是一個橢圓形的髮夾，銀製的髮夾上雕刻了許多漂亮的蔓草和葉子，還有一小串葡萄，葡萄的果實是用綠瑪瑙做的，柔和的色調讓人想起了春天初生的新葉。

這個髮夾不僅適合現在使用，就算太太未來滿頭白髮，戴在頭上也依然很好看。

「我要買這個髮夾。」葛茲對店員說。

雖然髮夾的價格超出了原本的預算，但是他並不後悔，光是想像太太欣喜若狂的樣子，他就忍不住露出笑意。

「對了，直接把禮物送給她太無趣了，難得送她禮物，乾脆用浪漫一點的方式給她。要不要先藏在某個地方？然後帶她出門散步，讓她自己找到禮物。她找到禮物的時候，一定會大吃一驚。」葛茲覺得自己的主意很不錯，於是立刻走去住家附近的公園。

雖然說是個公園，但那個公園很大，有一片小森林，還有好幾條散步路線。葛茲經常和太太一起去那裡散步和野餐，而且當初他就是在那個公園向太太求婚成功的。如果要送太太髮夾，當然要回到那個充滿回憶的地方。

他來到公園深處的栗子樹林，確認周圍沒有其他人之後，才把裝了髮夾的小盒子悄悄放進栗子樹的樹洞內。那個樹洞很深，即使小孩子好奇的伸手去摸，也絕對摸不到禮物盒。這裡很安全，是藏東西的好地方。

明天一早，他就要帶太太來這裡。

葛茲像調皮的小孩一樣，笑著離開了栗子樹。

當他走出公園準備回家時，剛好遇到了老朋友賀慕。

「哇，這不是葛茲嗎？好久不見啊。」

「真的好久不見了，你最近好嗎？」

「嗯，馬馬虎虎啦。難得見面，要不要找一家店聊一下？」

葛茲開心的接受了邀請，因為他已經有好幾年沒有遇到賀慕了，他有很多話想告訴賀慕，也想聽聽看賀慕的近況。

他們走進附近的一家小餐館，點了啤酒和下酒菜。和朋友邊聊邊喝的啤酒特別美味，葛茲感覺格外開心，忍不住一杯接著一杯，當他走出小餐館時，已經喝得酩酊大醉了。

向賀慕道別後，葛茲走路回家。他的腳步左搖右晃，覺得好像走在雲端上，而且路燈好像都在對他笑，葛茲也忍不住笑了起來。

但是這樣有點不妙，因為葛茲每次喝醉酒就會變得很健忘，因為這個緣故，他至今不曉得出了多少次差錯，萬一這次又忘了把髮夾藏在哪裡，該怎麼辦？

「不，我怎麼可能會忘記呢？那個禮物，呃，我不可能忘記。我記得……是藏在公園的栗子樹，沒錯，是藏在栗子樹裡面，我不會忘記。」

他雖然一直重複唸著，腦袋卻越來越昏沉，記憶也漸漸模糊起來，現在，他已經想不起那個髮夾是什麼形狀了。

「髮夾上鑲的是紅色寶石嗎？形狀是藍色花卉的圖案嗎？啊啊，慘了，這下糟了。要不要把禮物的事寫在紙上，然後放到某個地方呢？但是我搞不好也會把這張紙的事忘得一乾二淨。啊，到底該寄放在誰那裡比較好呢？」

葛茲這麼想著，抬頭看向路燈的時候，發現有張卡片在路燈的照耀下緩緩飄落。那是一張漂亮的深棕色卡片，上頭還有金色和綠色的蔓草圖案。

Restaurant

剛好可以拿來寫字。葛茲撿起卡片，準備寫下藏禮物的地方，沒想到卡片的正面和反面已經寫了很多字。

「什麼嘛，這樣我根本沒有地方可以寫了……嗯？說不定可以寫在裡面喔？」

葛茲一打開對折的卡片，身體立刻就被金色光芒包圍了。

他感到頭昏眼花，身體也搖搖晃晃，當他回過神時，發現自己站在一條陌生的街道。這整條街都籠罩在濃霧中，所有的事物都蒙上了一層淡淡的灰色，而且整條街都靜悄悄的。

葛茲嚇了一跳，但立刻點了點頭說：「喔，我知道了，這是夢境。」

既然知道是做夢，那他就放心了，於是他大膽的向前邁開步伐。

他的眼前有一扇門，鑲嵌在雪白大門上的彩色玻璃透出了亮光。「屋裡一定有人。」葛茲這麼想著，用力的推開了門。

門內堆了很多東西，簡直就和倉庫沒什麼兩樣。各式各樣的東西堆滿了整家店，只有一條勉強能讓人通過的走道。店裡堆放的都是一些陳舊的東西，也有很多看起來是破銅爛鐵的物品，但是它們卻散發出一種令人懷念、珍惜的奇妙感覺。

他很擔心自己走路搖搖晃晃，會不小心碰壞堆放的東西，於是小心翼翼的走了進去。不過他又嚇了一跳，因為他的眼前出現了一隻大貓。

那隻橘貓用兩條後腿站在那裡，像人類一樣穿著黑色背心，對葛茲露出微笑。

「歡迎光臨喵，歡迎來到十年屋喵。」

聽到這麼可愛的聲音，葛茲忍不住高興起來。他心想，因為是在夢中，所以貓會說話也很正常，而且這裡好像是一家商店。

「有貓來接待客人的店真是太棒了，叔叔我好感動。話說回來……你真是太可愛了！叔叔最喜歡貓了，來，讓叔叔親一下，啾！」

「啊？不、不用了，不用了喵。」

「你這樣拒絕更討人喜歡了，來嘛來嘛，過來叔叔這裡。」

橘貓叫了一聲，趕緊逃離現場。

橘貓逃進店內後，一個身材高挑的年輕男人走了出來。他瀟灑的穿著深棕色西裝背心和長褲，還戴了一副很有氣質的眼鏡，脖子上繫著深綠色的絲巾。

看到年輕男人一頭柔軟的栗子色長髮，葛茲想起了自己藏禮物的栗子樹。「真危險，差一點就要忘記了。真是傷腦筋，剛才為什麼要喝那麼多酒呢？」

年輕男人對陷入後悔的葛茲說：「歡迎光臨十年屋。」

「十年屋……這家店的店名叫十年屋嗎？」

「對，本店專門接受客人的委託，為客人保管重要的東西，還有不想遺失的東西。請問……我家的管家貓客來喜怎麼了？我看牠慌慌張張的跑了進去，所以想說牠是不是闖了什麼禍。」

「剛才的貓叫客來喜嗎？牠那一身橘毛真的很討喜啊。別擔心，牠沒有闖禍。牠實在是太可愛了，讓我忍不住想要親牠。」

「原來是這樣啊。請進，我們去會客室慢慢聊。」

店面後方有一間舒服的小房間，葛茲坐在沙發上，沙發很軟，他差一點就要睡著了，不過葛茲突然閃過一個念頭：在睡夢中又睡著未免太奇怪了。

這時，那隻橘貓又出現了，牠把一個冒著熱氣的大馬克杯放在葛茲面前。

「請、請喝蜂蜜薑茶。」

「哇，這是你幫叔叔調製的嗎？叔叔更感動了，一定要親你一下表達感謝。」

「啊！」

橘貓又像風一樣逃走了。

「哎呀哎呀，你不要這麼害怕嘛。」

葛茲雖然有點受傷，但還是拿起了馬克杯。杯子裡的熱飲很濃稠，喝起來甜甜的，還有一點辛辣的味道，薑的香氣在體內擴散開來。他慢慢喝著熱騰騰的蜂蜜薑茶，身體漸漸暖和起來，腦袋也變得更清醒了。

年輕男人似乎就在等待這一刻，他平靜的開了口，但是說出的話卻很不可思議。

他說這裡是一家魔法師的店，名叫「十年屋」，客人可以用一年的壽命委託店家代為保管重要的東西。保管期限是十年，可以不到十年就來領取，也可以滿十年之後再來領取。如果不再需要那樣東西，代為保管的東西就會屬於店家。

「喔，想得真是周到。那我可以委託你們保管一張便條紙嗎？」

「當然可以，你想委託本店保管便條紙嗎？」

「對。不瞞你說，我買了禮物要送給我老婆。」

葛茲把今天發生的事情告訴魔法師。

「情況就是這樣，但是我現在喝醉了，所以我要把寫下藏禮物地點的便條紙交給你保管，這樣可以嗎？」

「當然可以，只要你願意支付代價，本店可以為你保管任何東西。」

「一年的壽命嗎？嗯，好啊，這都是為了老婆嘛。」

葛茲的酒還沒醒，他開心的支付了一年的壽命，用銀色鋼筆在十年屋遞給他的黑色記事本上簽了名，這樣契約就成立了。他把寫了藏禮物地點的紙條交給魔法師，然後用力抱了魔法師一下才走出那家店。

一踏出大門，葛茲便發現自己站在熟悉的街道上。回頭一看，那扇白色的門和濃霧瀰漫的街道，全都消失不見了。

「啊哈哈哈，消失了，簡直就像肥皂泡一樣……真希望我老婆也可以看到那隻可愛的貓咪。」

但那不過只是一場夢。

「真是做了一個好夢啊。」葛茲哼著歌，踏上了回家的路。

隔天一早，當葛茲在床上醒來的時候，已經把藏禮物的地方忘得一乾二淨，不僅如此，他甚至連自己買了髮夾送給太太當作禮物這件事也忘了。

日子一天一天過去了。

葛茲每天都過著平淡的日子。他工作勤快，疼愛太太，有時候喝得醉醺醺，然後隔天又宿醉。

他從來沒有再想起宿醉後忘記的記憶，當然也完全想不起自己曾經去過「十年屋」這家店，以及曾和一隻可愛的貓說話的事。

但是……

十年後的某個下午，當他打開太太為他準備的便當，準備要吃午餐的時候，發現便當盒上有一張漂亮的卡片。

「是我老婆寫了情書給我嗎？」

葛茲眉開眼笑的拿起卡片，上面寫著以下內容——

葛茲・譚坦先生，十年不見了，謹以此信再次向你致意。不知是否別來無恙？本店為你保管的物品期限即將屆滿，如果你想取回物品，請打開這張卡片。如果你無意取回，請在這張卡片上畫一個X，代表結束合約，你所寄放的物品將正式歸本店所有。

十年屋敬上

「這是怎麼回事？」

葛茲搞不懂狀況，反覆看了卡片兩、三次。

根據這張卡片上所寫的內容，葛茲好像委託這家十年屋保管了某個東西，但是他從來沒有聽過十年屋這家店。

「是老婆在整我嗎？」

但是卡片上的字跡優美流暢，看起來不是他太太寫的字。這到底是怎麼回事？他感到納悶，忍不住偏著頭，然後打開了卡片。卡片頓時發出明亮的金光，包圍了葛茲的身體。

刺眼的金光讓他閉上了眼睛，雖然他很驚訝，但是卻一點也不害怕。也許是因為他聞到了甜甜的蜂蜜和清香的薑味，這股香氣讓他有一種懷念的感覺。

啊，他覺得自己好像快想起什麼事了。

當他睜開眼睛時，發現自己站在一個陌生的街道。街道兩旁都是用紅磚建造的房子，整條街上籠罩著霧氣，看出去是一片灰藍色。

葛茲大吃一驚，忍不住捏了捏自己的臉頰。

「好痛，原來這不是夢啊。這到底是怎麼回事？」

他決定先走進眼前的房子看看，因為整條街上只有這棟房子亮著燈。

「有人在嗎？」他推開白色的門走了進去，屋內堆滿了東西，許多老舊的東西和損壞的物品堆疊在一起。

「這裡是個倉庫嗎？」

他小心翼翼的沿著有如縫隙般狹窄的通道走了進去，終於看到了後方的櫃臺。

一個年輕男人坐在櫃臺前。他穿著深棕色的西裝背心和長褲，脖子上繫了一條銀色絲巾，留著一頭栗色長髮，銀框眼鏡後方的雙眼是琥珀色。

年輕男人露出親切的笑容對葛茲說：

「葛茲．譚坦先生，我在等你。」

葛茲大吃一驚。這個人竟然認識自己，但自己卻完全不認識他。

「情況越來越詭異了，這簡直太奇怪了。」

正當葛茲這麼想的時候，看到一隻貓咪從櫃臺後方探頭張望。

那是一隻很大的橘貓，牠竟然用兩條後腿站在那裡，而且像人類一樣穿著背心，還打著領結。

當他們的眼神交會時，橘貓害怕的把頭縮了回去。

那個年輕男人詢問驚訝不已的葛茲：

「怎麼了嗎？」

「沒什麼，不過那裡有隻貓穿了衣服，而且還用兩條腿站在那裡……」

「喔，牠是我的管家貓客來喜。」

「管家貓？客來喜？」

「你果然全都忘光了。」

看到年輕男人露出同情的表情，葛茲緊張的問：

「我完全沒有印象了，請問我以前曾經來過這裡嗎？」

「是的，你曾經來過，而且還委託本店替你保管重要的東西。」

「重要的東西？是什麼？」

「便條紙。」

男人說完，拿出一張小紙條遞到葛茲面前。

葛茲接過紙片一看，立刻臉色發白。

「不會吧！我竟、竟然忘了這件事。」

髮夾、栗子樹、樹洞、禮物、太太的笑容——葛茲遺忘的記憶頓時湧了上來。

「那個髮夾竟然在樹洞裡放了十年！髮夾還在那裡嗎？會不會已經被人拿走了？天啊，該怎麼辦？現在得馬上去公園一趟！」這麼一想，葛茲緊張得發出「哇哇哇哇哇」的叫聲衝出十年屋，甚至忘了向魔法師道謝。

魔法師十年屋帶著微笑，看著臉色大變的客人衝出店外，管家貓客來喜這時才從櫃臺裡走了出來。

「咦？你終於出來了，客人已經走了。」

「我很怕那個客人喵。」

「哈哈哈，他今天沒有喝醉，所以應該沒問題……你怎麼了？怎麼愁眉苦臉的？」

「關於那個客人的禮物喵，那個禮物在那裡放了十年喵……不知道還在不在那裡喵。」

客來喜露出擔心的表情，十年屋溫柔的撫摸著牠說：

「客來喜，你真是太善良了。但是你不用擔心，我在接受委託替他保管便條紙之後，就去了他藏禮物的地點，為禮物施了保護的魔法。所以那個禮物不會被任何人偷走，包裝紙和緞帶也會像新的一樣。」

「那真是太好了喵，但是為什麼要這麼做喵？」

「因為這個委託很美好。他當時笑著說想要看到太太開心的笑容，遇到這種客人，就想要盡可能多提供一些服務。」

「今天我煮了你愛喝的南瓜湯喵。」

「真是期待啊。客來喜，謝謝你。」

十年屋露出了開心的笑容。

3 頑固爸爸的番茄海鮮湯

在一個春光明媚的日子，一家時尚餐廳內正在舉行婚宴。

雖然只是邀請新郎、新娘的親戚朋友參加的小型婚宴，但是所有人都發自內心祝福他們白頭偕老，新郎和新娘看起來十分幸福。

一道道分享結婚喜悅的料理，接連送到賓客的餐桌上。開胃菜是美食拼盤，使用了大量的春季蔬菜做成沙拉，還有加了香草的麵包，以及香氣豐富的起司。

下一道菜餚是湯品。

一個男人走進了婚宴場地，這個年輕男人瘦瘦高高的，穿著深棕色西裝背心搭配一條相同顏色的長褲，無論是那副銀框眼鏡，還是從背心口袋中露出的懷錶鎖鍊，對年輕男人來說看起來都有點老成，但是他脖子上的那條櫻花色絲巾，卻洋溢著春天的氣息。

男人的身旁跟著一隻有蓬鬆橘毛的貓咪，牠穿著黑色背心、繫著領結，而且不知道在哪裡接受了訓練，竟然可以用兩條後腿站著走路。

客人原本都在聊天、吃飯，但是目光卻情不自禁的被這一人一貓吸引過去。

「他們到底是誰？」

「是新郎或新娘的朋友嗎？」

「那個人帶了一隻與眾不同的貓咪，說不定是被聘來表演的魔術師。」

「但是他為什麼拿著鍋子？」

沒錯，這個陌生男人抱著一個看起來很沉重的鍋子。

男人來到新郎和新娘的桌前，把鍋子放在桌上，優雅的行了一個鞠躬禮。他那一頭栗色長髮晃動了一下，深琥珀色的眼眸看著眼前的新婚夫妻。

「衷心恭喜兩位結婚，我帶了這鍋湯前來慶祝這個美好的日子。因為有人把它寄放在本店，說一定要請兩位享用。」

「搞什麼啊，原來是這家餐廳的人。」聽完男人說的話，所有賓客都忍不住這麼想。

「你們願意收下這鍋湯嗎？」

「既然是慶祝我們結婚的禮物，當然要收下啊。」

新郎調皮的回答。

「那就由我為兩位服務。」男人恭敬的打開了大鍋子的鍋蓋。

大鍋子內裝了滿滿一鍋番茄湯，裡面還加了很多蔬菜和海鮮，看這鍋湯的顏色，就知道燉了很長的時間，而且鍋子裡的湯還十分滾燙，顯然是剛剛才從爐子上拿下來。鍋子裡飄散出令人垂涎三尺的香氣，每個人都忍不住用鼻子大力嗅聞。

但是不管再怎麼看，都不像是這家餐廳的湯品，而是一道很樸素平實的家庭料理。

「咦？真奇怪，主廚說今天的湯品是蘆筍奶油濃湯啊……」新娘納悶的偏著頭。

但是新郎的反應更加激烈，他突然臉色蒼白的站了起來，椅子差一點倒在地上。

「這、這不可能，這是怎麼一回事？」

新郎質問男人：「這……這不是我爸爸的番茄海鮮湯嗎？」

「沒錯，這的確是令尊煮的番茄海鮮湯，你果然能一眼就看出來嗎？」

「我當然一眼就能看出來！但、但是不可能會有這種事，因為我爸爸……他在五年前就已經去世了！」

「沒錯，這鍋湯正是令尊在五年前委託我們十年屋保管的。」

「十年屋？你、你是魔法師嗎？」

婚宴場上的賓客全都大吃一驚。

「魔法師？他是魔法師？」

「所以那隻貓是被魔法師收服的精靈嗎？」

「這是怎麼回事？」

「他們為什麼會出現在婚禮上？」

所有賓客都在竊竊私語。這個自稱是十年屋的魔法師，露出平靜的笑容繼續說了下去。

他用那雙琥珀色的眼睛看著新郎，「可以占用你們一點時間嗎？因為我想說一個故事。」

魔法師說完之後，便靜靜的開始訴說故事。

「老婆，今天那小子說要回來，我真是太高興了。他上次寫信回來說他交了女朋友，我今天要好好問他這件事。」

退休的漁夫埃佐一邊對太太的遺照說話，一邊不停的攪動大鍋子。他正在做他的拿手料理——番茄海鮮湯。

這個湯使用了大量的番茄和洋蔥，湯裡加入大量的帆立貝、鱈魚和蝦子，海鮮的鮮味和鹹味成為這道湯品的美味來源。他還加了大量的大蒜和黑胡椒等辛香料提味，只要喝一碗全身都會熱起來。

番茄湯可以直接喝，也可以沾麵包吃，或是加入白米煮成鹹粥，無論怎麼吃都美味無比。

為了煮這鍋湯，埃佐從昨天開始忙了一整天，因為他的獨生子納智今天就要回家了。

埃佐的獨生子納智很會讀書，因為從事翻譯的工作，常在世界各地飛來飛去。納智每天都很忙碌，已經有好幾年沒有回家看埃佐了，但是他不久之前寫信回來，說這次終於請了假，今天就會回家。「那個笨蛋，之前就跟他說過了，不需要常常回來看我。」埃佐嘴上雖然這麼說，內心卻高興得不得了。

埃佐的太太很早就去世了，他一個男人辛苦的把納智撫養長大。獨生子終於要回家了，所以他想煮一鍋兒子最愛喝的湯來好好款待兒子，所以他卯足了全力。

他去市場買了最好的魚和貝類，又用香氣十足的上等好油炒了洋蔥和番茄，還把湯品表面的浮沫都撈乾淨了。

他對這鍋湯很滿意，覺得納智一定也會很高興，唯一的問題就是他不小心煮太大鍋了。因為他放了很多食材，結果變成了滿滿一大鍋，不過這也沒關係啦。

「這麼好喝的湯，連續喝一個星期也不會膩。」埃佐想起兒子以前經常這麼說，忍不住笑了起來。

「煮太多總比煮太少好。就要十二點了，不知道納智抵達車站了沒？」

埃佐心神不寧的看著時鐘，這時，郵差上門了。

郵差送來了一份電報，上頭寫著：

臨時接到緊急任務，而且是長期的工作，暫時不能回家了，對不起。

納智

埃佐一次又一次的反覆看著兒子簡短的電報，然後一屁股坐在

沙發上，感覺渾身無力、精疲力竭。

納智不回來了。埃佐原本以為終於可以見到他了，還想和他聊很多事呢。

「不過工作忙也是好事，這代表他越來越能幹了。」

雖然埃佐這麼安慰自己，但還是覺得很失望，而且不知道是不是太失望了，他感覺到心臟傳來一陣絞痛。

其實他最近的身體狀況不太好，醫生一直勸他不要太勞累。不過他沒有把這件事告訴兒子，因為兒子離鄉背井在外面努力工作，他不想讓兒子擔心。

埃佐急忙吃完藥後，傷心難過的舀了一碗湯。

「早知道他不回來，就不要煮這麼多了，看來我要吃好一陣子了。」

埃佐喝了一口湯。

「真好喝。」

至今為止他煮過無數次的番茄海鮮湯，但是從來沒有煮得像這次一樣這麼好喝，他很想讓兒子嘗一嘗。特地為兒子煮的湯，竟然無法讓兒子喝到，這真是太可惜了。

正當他感慨不已的時候，聽到了啪答一聲，放著太太照片的相框突然倒了下來。

「老婆，怎麼了？你也很失望嗎？」

埃佐這麼自言自語，把相框放回去時，忍不住瞪大了眼睛——因為相框下面出現了一張卡片。

在卡片深棕色的底色上，綠色和金色的蔓草圖案好像在跳舞。對折的卡片表面用銀色的字寫著「十年屋」，背面還寫了一段「為您保管重要東西」的文章。

埃佐納悶的打開了卡片，因為他很想這麼做，他覺得自己必須這麼做才行。

之後的事他記得不太清楚了。

埃佐只知道眼前出現一片金色光芒，然後一回神，原本待在家裡的自己已經來到了一個不可思議的街道。

埃佐沒有驚慌失措，雖然他在幾年前退休了，但他的工作是出海捕魚的漁夫，他曾在海上遇過很多不可思議的事，還有許多無法解釋的事，也遇過好幾次令人毛骨悚然，以為自己會沒命的事，所以就算突然置身在陌生的地方，他也不會感到害怕，更不可能會嚇得發抖。

「哦，看來這是魔法，我似乎接到了魔法師的邀請。」

埃佐立刻就知道魔法師在什麼地方了。魔法師就在那棟有白色大門的房子裡，白色的大門上還鑲嵌了勿忘草圖案的彩色玻璃。埃佐所在的街道上，只有那棟房子亮著燈。

埃佐大步走向那棟房子，打開門直接走進屋內。屋裡堆滿了東西，後方還有一個散發著溫柔氣質的年輕男人。

埃佐打量完那個男人，直截了當的說：

「原來你就是魔法師。」

「對，我叫十年屋，歡迎你來到本店。」

「我不記得自己是貴店的客人，你為什麼把我帶來這裡？」

「正確來說事情跟你想的有點不同，既不是我帶你來這裡，也不是我請你來這裡，而是你需要我的能力、需要十年魔法的幫助，所以才會收到邀請函，進而開啟了通往本店的道路。」

「我嗎？我需要十年魔法？」

「是的，我們到裡面再慢慢聊，請跟我來。」

埃佐跟著男人來到會客室，那裡有一隻很有禮貌的橘貓，送來了好吃的點心。

埃佐吃著用大量巧克力製作的巧克力蛋糕，搭配帶有苦味的咖啡，同時聽著十年屋說明情況，然後點了點頭。

「我了解了，原來是這麼一回事。嗯，我現在的確需要你的能力。」

「聽到你這麼說，我真是太高興了。請問你想委託我為你保管什麼東西呢？」

「我想請你保管一鍋湯，我做的番茄海鮮湯。」

埃佐一說完，那個大鍋子立刻就出現在他的身旁。

「真是令人驚訝，這也是你的魔法嗎？」

「沒錯。」

「身為魔法師還真是方便呢。」

「也有很多不方便的事。話說回來，這鍋湯真香啊。」

「是啊，湯的味道也非常棒。這是我兒子最愛喝的湯，我為他煮了這鍋湯……」

埃佐說完兒子和番茄海鮮湯的事，然後平靜的說：

「醫生說我的心臟已經不行了，一發病，隨時都有可能會前往另一個世界。這應該是我能為兒子煮的最後一鍋湯了，但是我不知道他什麼時候才會回家，所以想借助你的能力……你可以為客人保管任何東西對吧？」

「對，只要你願意支付一年的時間，我就可以代為保管這鍋湯。」

「湯的味道應該不會改變，也不會壞掉吧？」

「時間在這家店裡不會流動，所以為客人保管的物品不會發生變化，也不會損傷，更不會壞掉。」

埃佐終於放心了。太好了，這是值得支付壽命作為代價的事。

「好，這鍋湯就交給你保管，我願意支付時間，那就萬事拜託了。」

「沒問題，請你在這本記事本上簽名。」

十年屋把黑色記事本和一枝沉重的銀色鋼筆交給埃佐。

埃佐毫不猶豫的在記事本上簽了名，感覺有什麼東西從自己的身體隨著墨水一起滲進了記事本，那應該就是壽命吧。

他完全不覺得害怕，只是感到高興。

回想起來，番茄海鮮湯也陪伴了他很長的時間。這道湯品原本是埃佐父親的拿手好菜，父親在埃佐結婚的時候教了他做法，至今他仍清楚的記得，父親當時對他說「從今以後，要換你為自己的家人做這道番茄海鮮湯」時，臉上高興的表情。

「對了。」埃佐想到了一件事。

「魔法師，這鍋湯會在十年後送到納智的手上對不對？」

「對，十年後我會寄卡片給你兒子，請他來領取這鍋湯。只要你的兒子願意來領取，這鍋湯就是他的。」

「關於這個問題，我可不可以拜託你一件事？」

「請問是什麼事？」

「我希望你不要等到十年後，而是在他舉辦婚禮的時候把這鍋湯交給他。他現在交了一個女朋友，很可能會結婚。我希望他的女朋友也可以嘗一嘗這鍋湯，順便藉此拜託她好好照顧我兒子。另外，我會把食譜寫下來，可以請你一起交給我兒子嗎？」

聽到埃佐的請求，十年屋笑了笑說：「我答應你的要求。」

「你願意幫忙嗎？真是太感謝了！」

埃佐緊緊的握住了十年屋的手。

埃佐完成了該做的事，於是走向白色大門準備回家。

他在握住門把時轉過頭說：「魔法師……」

「什麼事？」

「你知道我的壽命還剩下多少嗎？」

「我知道。剛才我收下了你一年的壽命，所以還剩下十四天。」

「十四天嗎？那就夠了，」埃佐點了點頭說：「還有這麼多天，我可以整理很多東西，也可以寫信給兒子。謝謝你。」

埃佐露出了微笑。

魔法師說完故事，餐廳內響起了啜泣的聲音。

其中，新郎哭得比在場任何人都要傷心，站在那裡淚流不止，新娘則輕輕的撫摸著他的背。

魔法師身旁的貓咪一直沒有說話，牠向前一步，從背心口袋裡拿出折疊的紙張，把它遞給新郎。

「請你收下喵。」

「什麼？」

「這是番茄海鮮湯的食譜，是令尊委託我們一起保管的。」

「食、食譜？」

「對，令尊還請我轉達：『這是不外傳的食譜，從今以後，就由你煮這道湯給你的太太喝』。」

「爸爸……」

新郎聽了再度熱淚盈眶。

新娘代替說不出話的新郎開口說：

「謝謝你保管這鍋湯。湯和食譜，我們都收下了。」

「那就交給你們了喵。」

於是，那鍋湯和食譜就歸新郎所有了。

新郎決定和賓客一起分享這鍋湯。他把湯裝進盤子，然後端給每一位客人，新郎和新娘的面前當然也有番茄海鮮湯。

「那我開動了。」

新娘喝了一口，立刻發出陶醉的嘆息。

「太好喝了，我從沒喝過這麼好喝的湯。」

「對吧，是不是很好喝？」

新郎的眼眶裡雖然還有淚水，但是他的表情卻非常開朗。

「沒有見到你爸爸真是太遺憾了。」

「我原本也很想帶你跟爸爸見面……不過託魔法師和爸爸的福，我希望你能喝到我爸爸做的番茄海鮮湯的願望實現了。」

新郎喝了一口湯，然後閉上眼睛，慢慢品味番茄海鮮湯的深奧滋味。

「沒錯，這就是我爸爸的番茄海鮮湯。」

「沒想到還能喝到，真是太好了。」

「嗯……而且爸爸還留了食譜給我，真是太貼心了，以後我會煮給你喝。」

「我很期待。」

新郎和新娘看著彼此露出幸福的微笑。

魔法師和那隻貓，不知道在什麼時候消失了蹤影。

4 嫉妒的面具

不甘心，太不甘心了。

娜美的內心就像暴風雨般起伏不定。她的心臟撲通撲通撲通的劇烈跳動，簡直快要衝出胸膛了。

「為什麼選她？應該選我才對，那個角色應該由我來演。」娜美心想。

十七歲的娜美是高中三年級的學生，就讀一所歷史悠久的知名

女校，也是戲劇社的成員之一。

她自從在國中參加戲劇社之後，就對演戲著了迷。站在舞臺上表演充滿了喜悅與緊張，臺下觀眾的視線都集中在自己身上的時候，有一種難以形容的激動感，投入角色也是一件快樂的事。

娜美起初只能演一些小角色，但隨著她的演技持續精進，漸漸的也分配到一些不錯的角色和重要角色。沒錯，她越來越有實力和演技了。

漸漸的，娜美產生了野心，她想在今年校園祭的成果發表會上演主角。

戲劇社每年都會在「校園祭」時演一齣戲，而且每次演出的劇目都有很高的水準，經常有職業劇團和演藝界的人前來觀賞。他們的目的只有一個，就是來尋找未來的明星。只要被他們相中，登上世界的舞臺也不是夢想。

正因為這樣，娜美很希望能爭取到這次主角的角色，她也為了演好這個角色培養了實力。這次的劇目是充滿夢幻色彩的《黑暗玫瑰》，故事描寫黑暗世界的貴公子戴上面具混入人間，因此接觸到各式各樣的人們，和他們產生交流。

貴公子的角色要一直戴著面具，所以觀眾看不到演員臉上的表情，必須靠演技表達出所有情緒，也必須同時表達出黑暗世界貴公子的冷酷和超然。

這個角色的設定雖然很複雜而且難度又高，但是娜美有自信可以演得很出色。事實上，在一年前的小型發表會上，就是由她扮演這個角色。當時的演出頗受好評，老師也稱讚了她的表演，所以這次應該也是由她來演黑暗貴公子的角色。

在決定角色分配的日子，娜美充滿期待的走進社團活動室。沒想到戲劇社的指導老師，竟然說出了令人難以置信的話：「這次由亞拉拉飾演黑暗貴公子的角色。」

社團活動室內一陣喧譁。

亞拉拉是高中一年級的學生，參加戲劇社還不到半年。她的聲音很響亮，演技也很出色，但是大家都認為她不適合扮演黑暗貴公子。

黑暗貴公子必須具備普通人所沒有的超凡魅力。亞拉拉的個子嬌小，長相也很土氣，身材修長、氣質優雅的娜美比她更適合這個角色。

更令人驚訝的是，指導老師竟然要娜美飾演「說書吟遊詩人」的角色。雖然那也是一個重要角色，但並不是主角。

娜美臉色鐵青，但是並沒有提出抗議。事到如今，只能等亞拉拉「自取滅亡」了。指導老師和亞拉拉很快就會知道，亞拉拉根本沒辦法飾演黑暗貴公子。娜美決定到時候再自告奮勇，爭取這個角色。

但是……

娜美的期待再度落空了。開始排練時，亞拉拉的表現讓大家大吃一驚。

亞拉拉身材又矮又胖，完全不引人注目，但是當她戴上面具後，整個人就像是脫胎換骨一樣。她的聲音變得很有氣勢，矮小的身體散發出異樣的存在感和震撼力，簡直就是黑暗貴公子的化身。

亞拉拉完全可以勝任這個角色，她應該是至今為止所有演出過的黑暗貴公子中，表演得最出色的人。

每個人都對亞拉拉的演技讚不絕口，娜美在大家面前也鼓掌稱讚她的演技，但是內心卻氣得跳腳。

亞拉拉的確演得很好，演技很精湛，但是娜美無論怎麼想，都不覺得那是亞拉拉的實力。「長得這麼醜的人，怎麼可能演得這麼出色。」娜美就像蛇一樣心懷不軌，試圖挑剔亞拉拉的缺點，但是最後依然沒有找到任何缺點，就這樣迎來了校園祭。

校園祭當天早晨，娜美比任何人更早走進戲劇社的準備室。正當她不甘心的穿上吟遊詩人的服裝時，突然看到了黑暗貴公子的面具。

那個用銀色和黑色裝飾的面具很漂亮，據說是許多年前道具組學姊精心製作的，然後在戲劇社一屆一屆的傳承下來。

那個面具曾經屬於自己，原本應該可以再度屬於自己，但它如今近在眼前，卻變得遙不可及。

娜美忍不住拿起面具，目不轉睛的注視著它。她把面具拿在手上端詳，面具看起來更美、更妖媚，簡直就像是面具本身具有靈魂。

「啊，原來是這樣，」娜美恍然大悟，「是面具。一定是戲劇社歷任王牌演員使用過的這個面具，帶給亞拉拉成功扮演黑暗貴公子的力量。也就是說，一旦少了這個面具，亞拉拉就無法再成為黑暗貴公子。」

娜美的內心湧起了壞念頭，她的雙眼用力瞪著面具。

「這個面具應該是我的，既然無法屬於我……那誰都別想得到它！」

她在內心這麼吶喊的時候，聽到了東西掉到地上的聲音。

低頭一看，地上有一張對折的深棕色卡片。娜美的注意力，情不自禁的被這張卡片吸引過去。

「那是什麼？」她的心臟激烈的跳動起來。當娜美回過神時，她已經撿起卡片並且打開了它。

她整個人被金色的光芒包圍，轉眼之間，就來到了另一個地方。眼前這意想不到的狀況讓娜美驚慌失措。

「我為什麼會在這裡？」剛才娜美還在戲劇社的準備室裡，現在眼前卻是所有顏色和聲音都被濃霧籠罩的灰色街道。「啊，我要趕快回去，無論如何都要在表演開始之前回去。雖然不滿意吟遊詩人的角色，但是我不想隨便亂演，也不想棄演。無論如何都要在表演開始之前回去。」娜美告訴自己要保持鎮定，深呼吸，首先要搞清楚自己身在什麼地方。

娜美走向眼前那棟房子，因為只有那棟房子亮著燈光。

「有人在屋裡……不管是誰在裡面都沒關係，只要能告訴我這裡是哪裡就好。」

娜美這麼想著走進了眼前的房子。她發現屋內就像是古董市集，堆滿了老舊的東西和破損的東西，而且有一名魔法師在那裡等她。

魔法師繫著薰衣草色的絲巾，有一雙琥珀色的眼睛。他說自己名叫「十年屋」，並且稱呼娜美是「客人」。

「客、客人？我嗎？」

「對，你來到本店就一定是本店的客人。先不說這些，請進，我的管家貓剛好烤了點心，我們邊吃邊聊。」

娜美覺得自己好像走進了夢境，就這樣接受了魔法師的邀請。

店面後方的會客室裡，有一隻可愛的管家貓對她說：「歡迎光臨喵。」娜美看到那隻貓，又聽到牠說話的聲音，更加陷入了混亂。

娜美再次覺得自己可能真的是在做夢。雖然從來沒有做過這麼清晰的夢，但是不管怎麼想，眼前的情況都不像是現實。

但是無論是不是身處夢中，娜美內心的壞念頭依然沒有改變。即使吃了入口即化的蜂蜜派，也沒有消除她的壞心眼。

十年屋在娜美吃蜂蜜派時問她：

「你是不是有什麼困擾？你想要放棄什麼東西？還是想要本店為你保管什麼東西？」

「啊，保管？」

「對，客人可以支付一年的時間，將重要的東西、捨不得丟的東西，或是暫時不想留在身邊的東西，放在本店保管十年。你會出現在本店，身上一定有這種東西。難道不是嗎？」

聽到這番話，娜美立刻想到了黑暗貴公子的面具，接著下個瞬間，那個面具就出現在桌子上了。

娜美大吃一驚，但是十年屋沒有理會她的反應，而是仔細打量著面具。

「喔，原來是面具啊。這個面具很漂亮，但有一種不可思議的震撼力。」

娜美突然發現這是個大好機會，她心想：「這裡是魔法師的店，而且可以代客保管東西，既然這樣，應該也能保管這個面具。我要說個能讓魔法師相信的謊，不，不是說謊，而是編故事。」

娜美的腦筋飛快的動了起來，並且想到一個好主意。她輕輕吸了一口氣，然後開口說：

「這是詛咒面具。」

「詛咒面具？」

「對，這是我家代代相傳的面具。我奶奶的奶奶名叫亞拉拉，是很有才華的女演員，但是她每次都演不到主角。就在這時，她遇到一位妖術師送給她一條項鍊，據說只要戴上那條項鍊，就能每次都當上主角。亞拉拉戴上項鍊後，果然成為了主角。」

「後來呢？後來怎麼樣了喵？」

插嘴發問的是那隻管家貓，牠瞪大了原本就已經很大的眼睛，探出身體聽娜美說話。

娜美看到牠的反應，忍不住得意了起來，故事說得更流利了。

「亞拉拉成為了很受歡迎的女明星，結果那個妖術師又出現了，對亞拉拉糾纏不清。那個妖術師應該是愛上了亞拉拉，但是亞拉拉只是很感謝他，卻不愛他，而且她漸漸覺得妖術師很可怕。妖術師看到亞拉拉對他很冷淡，終於怒氣沖天。他覺得亞拉拉是靠自己的幫助才能走紅，竟然還不回報他的恩情，簡直是無情無義。於是妖術師再度使用妖術，製作了一個漂亮的面具。」

「這就是當時的面具。」娜美指著放在桌上的面具說。

「妖術師花言巧語的推薦亞拉拉使用這個面具，他說只要戴上這個面具，就會變得更美麗，更加綻放光芒。亞拉拉很膚淺，也充滿了野心，所以就相信這句話戴上了面具。」

「她不是討厭妖術師嗎喵？」

「對，即使是討厭的對象，但禮物還是照收不誤，這種貪婪也導致了亞拉拉的毀滅。亞拉拉一戴上面具，整張臉就萎縮了。她的美麗被面具吸走，也失去了青春……亞拉拉哭著大喊，妖術師卻嘲笑她說：『這個面具就送給你和你的家族，最好不要有年輕女孩想要戴上這個面具。』妖術師說完這句話就消失了。」

「然後他就留下了這個詛咒面具喵？」

「對，雖然想把面具丟掉或砸爛，但又下不了手，所以之前一直裝在盒子裡，藏在閣樓上。即使把面具藏起來了，但家族中的年輕女孩仍然會找到這個面具，那些女孩全都……」

「她們怎、怎麼樣了喵？」

「這個面具不是很漂亮也很迷人嗎？任何人看到這個面具，都會忍不住想要戴戴看，但是一旦戴上面具，一定會發生不好的事，不是受傷就是嚴重燒傷，而且都發生在臉上。」

娜美語氣沉重、聲音顫抖，而且不時露出害怕的眼神，不敢看那個面具。雖然這是她臨時編出來的故事，但就連她自己也差一點信以為真了。

「一個星期前，我和妹妹在奶奶家的閣樓發現了這個面具。我……很慶幸的是，我並沒有想戴這個面具，但是我妹妹就不一樣了。她被面具迷住了，無論我和奶奶再怎麼阻止，她也不肯放下面具。雖然她說不會把面具戴起來，但是這種話根本不能相信。無論如何，都不能讓這個面具留在妹妹身邊，所以我就來到了這裡。」

娜美終於說完了，整個故事聽起來很完美。

娜美非常滿足的看向十年屋，卻忍不住有點吃驚，因為十年屋臉上的表情和剛才完全一樣，琥珀色的眼眸帶著平靜和鎮定，完全無法了解他內心的情緒變化。在他身旁的管家貓，聽完娜美的故事發自內心的感到害怕，尾巴也蓬了起來，看起來就像是一把長刷子。

無法打動魔法師的挫敗讓娜美感到痛苦，但是事到如今她也不能退縮，娜美決定繼續假裝自己是個關心妹妹的好姊姊。

「拜託了，我很想幫助我的妹妹，如果這個面具繼續留在家裡，她一定會想要戴戴看。無論如何都要讓面具遠離她，請、請問可以為我保管嗎？」

「該怎麼辦呢？」十年屋緩緩抱起了雙臂，「基本上，本店只能保管屬於客人的東西，但是聽了你剛才的說明，我覺得這個面具並不屬於你……」

「這不是你的面具吧？」

在魔法師的注視下，娜美差點就要退縮了，但她仍然咬緊了牙關。

「這、這的確不是我的面具，是我從奶奶家拿出來的，但這都是為了救我妹妹，這、這也是沒辦法的事，即使這樣，你仍然不願意為我保管嗎？」

「而且還有『代價』的問題。剛才我也說了，委託本店保管物品時，客人要支付一年的時間。時間就等於是壽命……這個面具值得你支付一年的壽命嗎？你可以仔細思考一下，這個面具是否具有這樣的價值。」

「只要你願意為我保管，我就願意支付壽命。」

娜美斬釘截鐵的回答，她的腦海已經浮現出未來的景象。亞拉拉得知面具不見之後一定會驚慌失措，然後哭著說自己無法飾演黑暗貴公子。沒有主角，整齣戲就無法開演。等大家傷透腦筋時，娜美再走上前說：「我記得黑暗貴公子的所有臺詞，即使沒有面具，我也可以飾演這個角色。」大家一定會覺得娜美是英雄，對她崇拜不已。

這樣一來，娜美就可以順利演出黑暗貴公子的角色了。即使沒有面具，她也可以完全融入黑暗貴公子的角色。她的演技將會受到眾人的肯定，娜美的名字也會迅速響徹整個演藝界。只要能夠達到這個目的，縮短一年的壽命根本不算什麼。

十年屋似乎察覺了娜美的決心，他沒有再多說什麼，只是把黑色記事本遞到她面前，請她簽名。

娜美在記事本上簽名時，感覺到自己的壽命流進了黑色記事本。雖然嚇了一跳，但她立刻告訴自己，她才不會感到後悔。

娜美看著十年屋問：

「所以你會為我保管十年嗎？」

「對，即使不到十年，只要你想取回它，我隨時都能把面具還給你。」

「嗯……太好了。」

娜美的心情一下子輕鬆起來，然後想起自己必須趕快回去學校參加校園祭。

社團成員應該差不多都到了，各自在做著準備工作吧。既然已經解決了面具的問題，自己當然要回去那裡。

「我得回去了，請問要怎麼做才能回去？」

「不用緊張，只要走出這家店的大門，就可以回到原來的地方。」

「太好了。啊，那我走了，再見。」

娜美正打算跑向門口，卻突然停下了腳步，因為她發現十年屋露出了笑容。她不知道十年屋為什麼會笑，忍不住開口問他：

「怎麼了？我有哪裡很奇怪嗎？」

「不，並不是這樣。」

「那你為什麼笑呢？」

「我只是覺得你是出色的演員，但你創作故事的才能更勝於你的表演才華，也許你可以培養那方面的能力。」

「……」

娜美感覺到自己臉色發白，但這個情況只維持了很短的時間，她的臉在下一秒又漲得通紅。

魔法師發現了！他識破了娜美是在編故事。

「好丟臉，好不甘心啊，我以後再也不想見到這個魔法師了。」

娜美不發一語的衝向門口。她一衝出門外，就回到了劇社的準備室。

準備室裡擠滿了社團成員，每個人都換上戲服、戴上假髮，正在化妝或是做準備運動。有人發現了娜美，向她打招呼說：「娜美，你這麼晚才來，很難得啊。」

「嗯，我不小心睡過頭了。」

娜美隨口回答後，便轉頭尋找亞拉拉的身影。

她在那裡。亞拉拉已經換上漆黑的戲服，戴上了銀色假髮，然後東張西望的好像在尋找面具。看到亞拉拉臉色發白、表情越來越緊張，娜美感到十分暢快。

過沒多久，其他成員也發現了亞拉拉的狀況。

「亞拉拉，你怎麼了？」

「你在找什麼東西嗎？」

「我、我找不到面具。」

「面具？你是說黑暗貴公子的面具嗎？不會吧？」

「我記得昨天明明放在這裡……」

「這下慘了。大家注意，亞拉拉的面具不見了，大家一起幫忙找一下。」

戲劇社的成員全都一起找面具，因為大家都知道那個面具在這次的表演中有多麼重要。為了避免遭到懷疑，娜美也假裝認真尋找面具。

結果當然不可能找得到。如今，不光是亞拉拉，戲劇社的所有人都臉色發白。

「怎、怎麼辦？」

「現在問這種問題也沒用，無論如何，都要先找到面具……」

「但是已經快開演了。」

「要不要用其他面具代替？不是有化妝舞會用的紅色面具嗎？」

「不行啦，那個紅色面具和黑暗貴公子的感覺差太遠了！」

娜美在大家越來越緊張、不安的氣氛中看著亞拉拉。

「亞拉拉，說吧，趕快說你沒有那個面具就無法演出那個角色，說你沒辦法勝任那個角色。你可以這麼做，別擔心，誰都不會怪你的。因為在大家責怪你之前，我就會自告奮勇。說吧，說吧，趕快說吧。」娜美在心中催促著。

沒想到亞拉拉抬起頭，露出毅然決然的表情說：

「既然找不到也沒辦法……我就戴紅色的面具吧。」

「不會吧？」

「戴紅色面具怎麼行呢？」

「沒問題，一定不會有問題。」

亞拉拉堅定的聲音，漸漸消除了大家的不安。

「亞拉拉都這麼說了，一定沒問題啦。」

娜美可以清楚感受到大家內心想法的改變。

「不行！為什麼會變成這樣？怎麼可以戴紅色面具演黑暗貴公子！亞拉拉，你真是太討厭了，為什麼不老實承認自己沒能力演呢？你不該演黑暗貴公子的角色！不該由你來演！」不過這些話娜美只能在心裡吶喊，不可能真的把話說出口。

「亞拉拉戴上那個不符合形象的紅色面具，看起來一定很滑稽。

那就讓她在舞臺上出糗，讓她在舞臺上失敗。」

娜美在內心大聲詛咒，就這樣穿上了吟遊詩人的戲服。

舞臺布幕拉起，戲劇開演了。

鋼筆在紙上寫字發出沙沙作響的聲音，文字帶著墨水的香氣留存在紙上。文字變成文章，文章又發展成故事。

寫完第二章後，娜美吐了一口氣放下鋼筆，伸了一個懶腰。

「休息一下吧。」剛才連續寫了兩個小時，她的手指已經有點僵硬了。但是今天寫得很順，依照目前的進度，在晚上之前，搞不好可以寫完第三章。畫面和文字接連在腦海浮現，讓她樂在其中。

十年前，她做夢也無法想像自己現在的樣子。娜美露出了微笑，她已經二十七歲了，現在是一名作家。她在四年前寫的一本兒童故事書爆紅，如今成為了當紅作家，獨自住在舒服的小公寓內，和鋼筆、稿紙為伍，埋首創作的日子讓她感覺很充實。

「來喝杯咖啡吧。」

娜美起身準備走進廚房時，發現玄關的門縫裡有一封信。郵差不知道在什麼時候送來了信件。娜美看了看信封上的寄件人姓名，忍不住倒吸一口氣。

「蘇伊・吉奧，該不會是知名導演蘇伊・吉奧吧？」

娜美急忙打開信封，看了信件的內容，頓時臉色發白。信上寫了這樣的內容。

娜美・敏斯小姐，你好，我是舞臺導演蘇伊・吉奧。提筆寫這封信給你，是希望能將你的作品改編成舞臺劇。我希望明年的新劇目可以演出你的作品《月貓》，同時，我們將邀請年輕有為的女星亞拉拉・葛多拉主演。衷心期望你能同意我們改編你的作品。

蘇伊・吉奧

亞拉拉．葛多拉。這個名字娜美想忘也忘不了，她就是娜美的學妹亞拉拉。

娜美的記憶瞬間被拉回過去，回到了十年前的校園祭舞臺演出現場。

以結果來說，那次的表演獲得了空前的成功。亞拉拉戴上紅色面具後，她的表演比之前更加動人心弦，震撼了所有的觀眾。

亞拉拉的演技太精湛了，娜美也看得渾身起雞皮疙瘩，同時也發現了自己的膚淺。

自己的演技根本無法和亞拉拉相比，這跟面具毫無關係。亞拉拉具備了真正的實力，具備了能在舞臺上發光的實力，具備了吸引觀眾的實力。

「我輸了，我根本比不上她。」娜美深受打擊，然後在那天之後退出了戲劇社。自己無法再上臺表演，自己沒有資格和亞拉拉一起站上舞臺，畢竟她因為嫉妒做了可怕的事情。

娜美覺得很痛苦。

她知道自己的內心有一個可怕的魔鬼，也許這個魔鬼哪一天又會出現，但是她無法告訴任何人。

有一天，她實在太痛苦了，想要尋找出口，於是便在筆記本上寫下自己的心魔，然後才覺得心情稍微輕鬆了一些。

之後，她不斷將內心的話語寫成文字，文字變成了文章，又漸漸發展成故事。

就這樣，她成為了作家。

在第一本書出版的時候，娜美鼓起勇氣去看了亞拉拉主演的舞臺劇。

亞拉拉在校園祭的表演受到肯定，被一流劇團相中，進入劇團後，她的演技進步神速，如今已經成為知名的實力派演員。

即使坐在最後一排，娜美也可以充分感受到亞拉拉的表演有多麼出色。娜美看得忍不住流下眼淚。亞拉拉能在舞臺上發光發熱真是太好了，她很慶幸自己沒有毀了亞拉拉的人生。

在那之後，娜美經常去觀賞亞拉拉的舞臺劇，也熱烈的為她鼓掌。她還小心翼翼的剪下媒體關於亞拉拉的報導，把這些剪報貼在筆記本上。

但是她沒有把這件事告訴任何人，而且她總是坐在最後一排，絕對不讓亞拉拉發現。每次舞臺劇一結束，她就匆匆離開劇場。

「我沒臉見亞拉拉，我沒有資格見她。」娜美一直這麼想著。

不過一旦《月貓》改編成舞臺劇，她身為原著作者，或許就會再度見到亞拉拉。

「要和亞拉拉見面嗎？不行，自己有什麼臉站在亞拉拉面前？」

娜美決定拒絕導演的要求。

自己不能再和亞拉拉有任何關係，只要默默祝福亞拉拉成功就好。

她嘆了一口氣，準備把信放回信封時，發現信封內還有一張卡片。

那是一張對折的深棕色卡片，她之前曾經看過類似的卡片，和魔法師之前寄給她的邀請函一樣。

果然沒錯，卡片上的寄件人寫著「十年屋」的名字。

娜美立刻閱讀卡片上的內容。上面寫著，她委託保管的物品已經超過十年，希望她前往領取。如果不想領取，就在卡片上打一個X。

娜美的心臟劇烈跳動。她直到現在才想起那個面具一直放在魔法師那裡，應該說，她是不想再看到那個面具，所以刻意忘記這件事。

那個面具是娜美的罪證，也象徵著她的惡意和嫉妒，她才不想取回那種東西。

但是當她拿起鋼筆，用筆尖碰觸卡片的瞬間，她突然回過神來，覺得自己如果這麼做不是在逃避嗎？

這十年來，她一直在逃避。逃避亞拉拉，也不願意面對自己的脆弱。

但是娜美內心的傷口完全沒有癒合，她傷害了自己的自尊心，至今仍然帶著羞愧和罪惡感過活。

經過十年的歲月，娜美已經是大人了，現在她必須要面對自己的恥辱。

她需要那個面具。那是學校戲劇社的面具，但是那個面具在當時屬於亞拉拉，所以自己要把那個面具還給亞拉拉，同時向亞拉拉坦承自己當年所做的事。

亞拉拉可能會生氣，也可能會看不起娜美，冷冷的罵她「不要臉」。不過就算這樣也沒關係，無論結果如何，娜美都決定要直接面對亞拉拉的反應，這是對她的懲罰，同時也是自我療癒的過程。

「我必須……向前走。」

娜美吸了一口氣，打開深棕色的卡片，準備去領取面具。

5 小偷的娃娃

戴爾是個吝嗇的壞蛋。

他從小就很奸詐，會說一些不入流的謊話，騙取其他小朋友的彈珠或零食，騙不到就用偷的。

如今他已經四十三歲，會說更大的謊，整天算計著要去哪裡偷錢、偷珠寶。

而且戴爾打從骨子裡喜愛做這種壞事。他覺得欺騙好人和弱

者，讓別人受騙上當是一件開心的事。越是做這種壞事、骯髒事，他就越覺得自己很厲害。

他當然無意悔改，也不為自己的行為感到羞恥，他整天在街頭晃來晃去，伺機詐騙和行竊。

有一天，戴爾來到了一個陌生的城市。

那個城市感覺很悠閒，街上的房子看起來也不錯，走在街上的人們衣著雖然沒有很高級，但是都很乾淨。

戴爾忍不住眉開眼笑，覺得這裡是個好地方。住在這種地方的人通常都很老實，他們踏實工作也乖乖存錢，最重要的是，這種地方的人都很善良，也很好騙。

「好，要先挑哪棟房子下手呢？還是要先去騙人呢？」戴爾這麼想著，在街上四處遊蕩，開始尋找獵物，然後在公園看到了意想不到的東西——有個小女孩坐在草地上玩扮家家酒。她把玩具盤子排成一排，正在招待好幾個「娃娃客人」。戴爾的目光停在其中一個娃娃的身上。

戴爾二十多歲的時候，曾經在古董商的手下當學徒，對古董並不陌生，所以他一眼就看出那個娃娃是傳說中的娃娃手藝人「希希．坦特」的作品。

希希．坦特在十年前去世，她生前曾經製作了很多娃娃，也創作了很多繪本。她的作品有一種難以用言語形容的神奇魅力，甚至有人說，希希．坦特其實是一位魔法師。

她的作品一定會在某個部件使用「藍色」，這種藍被稱為「希希藍」，顏色會在清新的水藍色到深藍色之間變化，是希希．坦特作品的特徵。

那個小女孩用來扮家家酒的娃娃，頭髮顏色正是希希藍。娃娃的頭髮在陽光照射下，發出時深時淺的藍色光芒。

戴爾舔著嘴脣，決定無論如何都要把那個娃娃搞到手。幸好對方只是一個小孩，要騙她簡直是輕而易舉。

等到四下無人之後，戴爾吸了一口氣，慌慌張張的跑向那個小女孩。

「喂、喂，小妹妹！出事了，你家發生火災了！趕快回家，快回家！」

小女孩驚訝的瞪大了眼睛。

「火災？我家嗎？」

「對啊！你的家人都受了傷，正等著救護車送去醫院治療，你也要和他們一起去醫院，所以趕快回家。」

「喔，好！」

小女孩急忙把玩具丟進一旁的籃子裡。戴爾不能讓她把那個娃娃也帶走，便故意冷冷的說：

「你的家人都已經受傷了，你還只顧著自己的玩具嗎？真是個沒良心的孩子。」戴爾用鄙夷的語氣說話，而這句話發揮了不錯的效果。

小女孩漲紅著臉，把玩具留在原地就跑走了。

戴爾哈哈大笑，撿起了藍頭髮的娃娃。

那是一個很舊的娃娃，一眼就能看出小孩子玩了很久，不過希希藍的頭髮依然鮮豔，為娃娃增添了神奇的氣質。這個娃娃有著細緻的五官和優雅的手腳，仔細一看，背上還有一對透明的翅膀——是精靈，這是一個精靈娃娃。

「終於順利到手了。」戴爾難掩喜悅的把娃娃藏進懷裡，他已經決定好要把娃娃賣給誰了。

「高樂夫人一定願意出高價收購。」

高樂夫人在壞蛋的世界裡，是無人不知無人不曉的女魔頭，更是希希・坦特作品的熱血收藏家。

戴爾急急忙忙前往高樂夫人的家。他換了好幾班火車，來到一個大城市的後巷。

後巷是繁華都市的影子，路上昏暗且瀰漫著惡意的臭味，在街上來來去去的全都是壞蛋、叛徒和粗暴的人。

戴爾走在路上時，好幾次都被心懷不軌的年輕人糾纏，但只要聽到他說：「我要去找高樂夫人。」那些年輕人就紛紛走開了，因為大家都很了解高樂夫人有多麼可怕。

戴爾終於來到一棟大房子前，這裡就是高樂夫人的宮殿。戴爾說他帶了希希．坦特的作品過來，下人立刻就放行了。

宮殿內的裝潢，豪華得令人難以想像。

牆上的壁紙有紅色和金色玫瑰的圖案，看起來光彩奪目。天花板上吊著像是綠寶石的綠色水晶燈，地板則鋪著豹、白熊和老虎的毛皮。巨大的座鐘上鑲滿寶石，還有珍禽異獸的標本和漂亮的黃金雕像，每一樣東西的價格都貴得驚人。

在這些昂貴的擺設之間，放著銀色的盤子，盤子上堆滿了糖果和巧克力，還有蛋糕和餅乾。這個到處都是閃亮物品和零食的房間，簡直就像是遊樂園，或是小孩子最愛的玩具屋。

高樂夫人的內心一定有一個小孩子，而且是一個貪婪、殘忍無情的小孩子。

戴爾坐在椅子上一動也不動。他走進這個宮殿後，就完全不敢碰周圍的任何東西，當然也不敢碰那些盤子裡的零食。

戴爾很清楚那些關於高樂夫人的負面傳聞。曾經有個男人沒有經過高樂夫人的允許，就擅自吃了烈酒巧克力，結果他的手指都被剁了下來，而且烤得焦焦的，成為夫人寵物狗的點心。

雖然聽起來像是玩笑話，但戴爾覺得這件事應該是真的，因為高樂夫人什麼事都做得出來。

他的腋下滲出冷汗，內心忐忑，「我是不是不該來這裡呢？」

在他開始有點後悔的時候，後方的大門打開了，一個又醜又老的高大女人走了出來。

高樂夫人喜歡把自己打扮成可愛的小女生，她的手上拿著巨大的棒棒糖，穿了一件鑲了寶石有很多波浪褶邊的洋裝，灰白的頭髮上還綁了一條鑲了許多鑽石的粉紅色緞帶，十根手指上戴滿了戒指，留得很長的指甲上擦著彩虹色的指甲油。

這身打扮出現在別人身上，看起來一定會很滑稽，但在高樂夫人身上卻顯得很可怕。

高樂夫人瞪了戴爾一眼，戴爾立刻像上了發條的人偶，從椅子上跳起來。

「夫、夫、夫人，向您請安，您心情還好嗎？」

「沒什麼好不好的，有人打擾我吃點心的時間，我很不高興。」

「真是萬、萬分抱歉。」

「算了，你就是那個愛說謊的戴爾吧？」

「您、您知道我？」

「嗯，我當然知道。你在塔塔市到處行騙，真是低級。還真不想讓你這種自以為是壞蛋的無賴踏進我家，因為像你這種人，根本沒資格踏進我的家門。不過……如果你手上有希希・坦特的作品，那就另當別論了。」

高樂夫人笑了起來，她張開擦了鮮紅色口紅的厚唇，露出滿口蛀牙。

戴爾被嚇得魂不附體，但高樂夫人用嬌滴滴的聲音催促他。

「東西在哪裡？趕快拿給我看。」

「是、是。」

戴爾急忙拿出藏在懷裡的娃娃，送到高樂夫人面前。每靠近高樂夫人一步，她身上的香水味就更加濃烈，這麼刺鼻的香水味，聞起來反倒變成了惡臭。

戴爾擔心自己會打噴嚏，於是拚命憋著氣，把精靈娃娃交給了高樂夫人。

「來，我看看。」

高樂夫人拿出鑲了紅寶石的放大鏡，仔細檢查娃娃。

戴爾簡直快嚇死了，心想：「萬一那不是希希‧坦特的作品該怎麼辦？高樂夫人一定會勃然大怒的把自己大卸八塊。不，不用擔心，除了希希‧坦特，還有誰能做出那種神奇的藍色？一定沒問題的，戴爾，你要相信自己。」

戴爾一次又一次的在心裡這麼告訴自己。

不一會兒，高樂夫人終於抬頭看著戴爾，她眼神冰冷的說：

「這的確是希希・坦特的作品，只不過不完整。」

「不完整？」

「這是希希・坦特第兩百零三號作品。第兩百零三號作品是精靈娃娃和獨角獸的組合，也就是說，必須有兩個娃娃才算完整。真是夠了，竟然拿這種半調子的東西來給我，你果然是個廢物。」

聽到高爾夫人的嘲笑，戴爾整個人像跳蚤一樣縮了起來。

「很、很抱歉，那、那我就先告辭了。」

「等一下，我並沒有說不收購啊。但是只有精靈娃娃還不夠，你去把獨角獸也給我找來，我會支付超出你想像的金額。」

「但、但是我要去哪裡找給您呢？」

「這我就不知道了。我想要完整的作品，聽說只要這個精靈娃娃坐在獨角獸的背上，娃娃就會像是擁有了生命，獨角獸會在主人的周圍奔跑，精靈也會用優美的歌聲唱歌。我很想見識一番，也很想聽聽看精靈的歌聲。」

高樂夫人雙眼發亮，連口水都流了下來，簡直就像是民間故事中的妖婆。戴爾很希望自己乾脆昏過去算了。

「別擔心，既然你找到了精靈娃娃，就一定可以找到獨角獸。愛說謊的戴爾，我對你可是充滿了期待喔。我先把這個精靈還給你，有了這個精靈娃娃，你在找到獨角獸時就能馬上確認是不是真貨。」

高樂夫人說完，便把精靈娃娃交還給戴爾。

「太好了，」戴爾暗自慶幸，「把這個精靈娃娃賣給其他收藏家，應該能賣到不少錢，這樣一來自己就能帶著那筆錢遠走高飛，逃去高樂夫人追不到的地方。」

但是高樂夫人似乎看穿了戴爾內心的想法，她用溫柔的聲音小聲說：

「你該不會打算把這個娃娃賣給其他收藏家吧？」

「不！這怎麼可能，絕對沒有這回事！」

「就是說啊，既然你把這個娃娃拿來給我，我就是唯一的買家。」

「……」

「還有，我不喜歡苦苦等待的感覺，我一收到禮物就想馬上打開，無論是巧克力還是餅乾，都是剛做好的最好吃。我看你笨笨的，所以就給你一個月的時間，你要在這一個月內找到獨角獸。如果你不遵守日期，就會遭到懲罰，聽懂了嗎？」

「是、是……」

「聽懂就好，你走吧。」

高樂夫人像是在趕野狗一樣揮手趕人。

戴爾失魂落魄、搖搖晃晃的走出高樂夫人家，他不知道自己身在何處，也不知道自己是怎麼邁開步伐移動的，滿腦子只想著獨角獸和高樂夫人的事。

「一定要在一個月內找到獨角獸。高樂夫人的笑容，滿是蛀牙的牙齒和口水……啊，好想找到獨角獸！我無論如何都要找到它！」

戴爾無法想像萬一沒找到的話，自己會有怎樣的下場？

戴爾不舒服的趴在地上吐了起來。他為自己感到悲哀，眼淚忍不住流了下來。早知道就不要去找高樂夫人，都怪自己太貪心，覺得高樂夫人一定會出最高價。「唉，我真是太傻了。」

當後悔不已的戴爾停下腳步時，他才發現自己站在一個完全陌生的地方。

這裡跟後巷一樣昏暗，路上完全沒有行人。不過這裡的昏暗並沒有骯髒黑暗的感覺，也沒有惡臭，只是周遭被濃霧籠罩，陷入了一片寂靜，而且整條街上只有一棟房子亮著燈。他看到那棟房子的門上刻著「十年屋」三個字，猜想那裡應該是一家商店。

戴爾沒有馬上走進店裡，反而是從窗戶偷偷向裡頭張望。

「這是古董店嗎？」

店裡堆積如山的老舊物品，讓他產生了這樣的感想。這裡不像是商店，感覺更像是倉庫。

「這裡應該沒什麼值錢的東西。」戴爾哼了一聲，正準備離開窗前時，他的眼角掃到一個藍色發光物。

「不會吧！」

戴爾急忙把視線移回店內，發出了無聲的尖叫。

在有大塊缺損的花瓶和露出螺絲的留聲機之間，有個看起來髒兮兮的白馬娃娃。那個娃娃的額頭上長著藍色的角，絕對錯不了，那就是希希藍。

戴爾感覺心跳加速。

那一定就是和精靈娃娃組成一對的獨角獸，絕對沒錯。真是踏破鐵鞋無覓處，得來全不費工夫。

「不，等一下，不要著急。我可能高興得太早了，一定要親眼確認一下。」

戴爾推開白色大門，急急忙忙的衝進店內。他推開其他破銅爛鐵，直接走向獨角獸娃娃。

獨角獸娃娃很髒，身上的白毛幾乎都變成了灰色，金色的尾巴和鬃毛也纏在一起，但是長長的角仍然維持著清澈的藍色。

戴爾用顫抖的手，把自己的精靈娃娃拿近獨角獸，沒想到精靈娃娃竟然唱起了歌——那是與老朋友久別重逢的歡喜之歌，如果把精靈娃娃放在獨角獸背上，獨角獸一定會開始奔跑。

正當他想要嘗試一下的時候，聽到有人說了聲「歡迎光臨」。

回頭一看，有個年輕男人站在那裡，他的身高比戴爾高很多，臉上的表情鎮定自若，看起來是受過良好家教的人。雖然他身上的衣服有點老成，但是穿著打扮得宜，無論是銀框眼鏡，還是不經意露出的懷錶鍊子，就連脖子上繫著的橄欖色絲巾都很高級。

而且，有一隻橘色的貓站在男人身旁。牠穿著繡了銀線的黑色天鵝絨背心，脖子上繫著領結，像人類一樣用兩條後腿站著。橘貓和戴爾四目相接時，向他行了一個鞠躬禮。

年輕男人對大吃一驚的戴爾說：

「這位客人……喔，看來你不是想要委託本店保管物品，而是很想要得到某樣物品，我說對了嗎？」

「這傢伙是怎麼回事？竟然看穿了我內心的想法。」

戴爾雖然有點不高興，但還是點了點頭。

「對，我看到這個獨角獸，想要買給我兒子。我兒子很喜歡獨角獸，即使是這麼舊、這麼破的娃娃，他應該也會很高興……這個要多少錢？」

戴爾露出狡猾又吝嗇的眼神看著年輕男人，希望能用便宜的價格買到獨角獸。既然他把獨角獸和那些破銅爛鐵放在一起，就表示這個男人不認為它有什麼價值，希望能用十個銅板買下娃娃。

沒想到那個男人說了出人意表的回答。

「本店不是用金錢交易，這裡所有的物品都要用『時間』購買。」

「時間？」

「對，就是你的時間，也就是壽命。」

「你是在開玩笑吧？」

男人沒有說話，只是默默的看著戴爾，那眼鏡後方的琥珀色眼睛看起來炯炯有神。

「喔，原來是這樣，原來是這麼一回事。」戴爾恍然大悟。

「你、你是魔法師！我說得沒錯吧！」

「我叫十年屋。」

「可惡的傢伙！你把我帶到這種地方，是想要取我的壽命嗎？我、我不會讓你得逞的！你不要靠近我，我、我身上有刀子！而且我是黑社會老大，我可是有一百個手下的大人物！」

「請你冷靜下來，」十年屋無奈的說，「你似乎誤會了什麼事。

未經客人同意就取走你的壽命，這種蠻橫不講理的行為我怎麼可能會做呢？我只是請你用壽命支付貨款，要不要支付代價，要不要買你想要的東西，一切都取決於你。」

「嗯……那我要付多少壽命？」

「兩年。」

「兩、兩年！」

戴爾這次發出慘叫。

「開什麼玩笑！誰會付兩年寶貴的壽命買這麼破的娃娃！你開玩笑也要有點分寸吧！」

十年屋聽了戴爾的吼叫，只是微微偏著頭說：

「雖然你這麼說，但這裡所有的東西都曾經是物主無可取代的寶物，所以這些東西都有相應的價值。你有兩個選擇：第一，用兩年的壽命買這個娃娃。第二，就是什麼都不買，離開這裡。」

「太荒唐了，誰要買啊。」

戴爾罵了一句，氣鼓鼓的朝店門外走去。

他非常的憤怒，好不容易找到了獨角獸娃娃，沒想到它竟然是魔法師店裡的商品。「要取走我的壽命？開什麼玩笑。不要說兩年了，就連一分鐘我也不付。我的壽命只屬於我，一分一秒都不想讓它減少。」

但是他在走出店門時猛然清醒。他發現自己的生命掌握在高樂夫人的手上，如果無法得到那隻獨角獸，自己會有什麼下場？一個月後，戴爾就會變成屍體，被人丟進臭水溝裡。

「既然如此，再怎麼捨不得，還是少兩年壽命比較划算吧？對，沒錯，這樣划算多了。」

戴爾改變了主意，轉身想要走回店裡，但是卻大吃一驚，因為他眼前只有一道潮溼的土牆，上頭既沒有門也沒有商店。他打量周圍的環境，發現濃霧散了，眼前只有瀰漫著惡臭的後巷。

「慘了。」戴爾懊惱的跺著腳。

自己竟然浪費了千載難逢的大好機會。只要稍微一想就會知道，魔法師的店不是想去就能去的。

「唉，我怎麼這麼笨？不管是把娃娃拿去給高樂夫人，還是拒絕魔法師提出的要求，都是愚蠢的選擇啊。」

「不對……等一下……」

戴爾改變了想法。

現在他至少知道獨角獸娃娃就在那個魔法師的店裡，比起漫無目的隨便亂找輕鬆多了。雖然現在看不到那家店，但魔法師的店一定就在這條後巷的某個地方，只要持續尋找，一定能重新找到通往那家店的道路。

「好！那、那就只能繼續找了！」

那天之後，戴爾一直在後巷走來走去，尋找魔法師的店，幾乎快把腿走斷了。

但是無論過了多少天，他都找不到任何線索。戴爾精疲力盡、雙眼通紅，連晚上都睡不好，因為他每天晚上都會夢到高樂夫人。

戴爾一天比一天狼狽，後巷的壞蛋都在嘲笑他。

「聽說他去和高樂夫人談交易。」

「難怪會變成這副模樣，真是可憐啊。」

「他只剩沒幾天可活了。」

戴爾沒有理會這些話，滿腦子只想著獨角獸和十年屋，繼續在後巷尋找。那次是因為強烈的想要獨角獸，才會走到魔法師的商店，現在要比那時候更強烈的渴望擁有獨角獸。

「啊，好想去魔法師的店，如果可以再次踏進那家店，我一定會乖乖支付自己的壽命，絕對不會吝嗇。老天爺，請再給我一次機會吧。」

不過日子一天一天過去，他的願望還是沒有實現。

距離和高樂夫人約定的日子只剩下四天，戴爾這幾天幾乎有點神志不清了，一想到高樂夫人的長指甲會掐進自己的脖子，他就嚇得坐立難安。

接著，他突然發現一件事。

自己為什麼要在這裡浪費時間？當初離開魔法師的商店時，他應該要直接逃離這裡才對。不對，現在還有四天的時間，自己可以趁這四天逃走，逃得越遠越好，逃去高樂夫人那些可怕手下追不到的地方。

戴爾急忙離開城市，然後一路往西逃。他避開人群，完全不靠近任何城市和村莊。他的身上早就沒錢了，只能從經過的農田偷採蔬菜和水果邊啃邊逃。

就這樣逃了三天，戴爾決定在樹林中休息一下。雖然他現在得分秒必爭的逃命，但他的腳底腫了起來，不得不停下來休息。

這時，他聽到後方樹叢傳來了喀沙的聲音。

戴爾像野獸一樣蹲了下來。

「是殺手嗎？是來追殺我的人嗎？」他壓抑內心的恐懼，悄悄朝著樹叢匍匐前進，同時探頭張望。眼前的景象讓他瞪大了眼睛。

那裡有一隻很大的橘貓，身上穿著黑色天鵝絨背心，還用兩條後腿站在那裡。

牠是那個魔法師店裡的貓！絕對錯不了！

橘貓的手上拎著籃子，正在拚命採黑莓。牠採完滿滿一籃黑莓後，就哼著歌，走向了樹林深處。

戴爾跟在橘貓身後。他知道，只要尾隨那隻貓，就一定可以找到魔法師的商店。

「我的好運又來了。」戴爾雙眼發亮。

那隻橘貓在一棵大樹前停下了腳步。那棵樹上有個像是洞窟入口的大樹洞，而且樹洞的另一端竟然可以看到街道的風景。那是一條濃霧瀰漫的灰色街道，就是魔法師商店所在的那條街。

橘貓一走進樹洞後，牠的身影立刻消失在濃霧中，同時，樹洞內的風景也開始搖晃了起來，就像水面泛起漣漪一樣，街道的景色變得越來越淡薄。

魔法快消失了！沒有時間猶豫了，戴爾一個箭步跳進樹洞內，在千鈞一髮之際，踩上了那條用石板鋪成的街道。回頭一看，成為入口的樹洞不見了，後方那片樹林也消失無蹤。

「好耶，總算來到這裡了。那隻貓在哪裡？牠去哪裡了？」

戴爾在靜悄悄的街道上，撥開濃霧四處尋找著。

正當他準備放棄，以為自己跟丟的時候，他在濃霧中看到一團橘色的東西走進了岔路。戴爾悄悄的跟了上去，終於看到那家熟悉的商店。

橘貓打開了白色店門，接著傳來門關上的聲音。

戴爾像蜥蜴一樣悄悄走上前，從窗戶往裡頭張望。店裡很昏暗，今天似乎沒有營業，但他定睛細看，看到了那隻獨角獸娃娃。

「太好了，東西還在那裡。」

他才剛鬆了一口氣，腦袋裡就浮現了壞主意。

「幸好那隻娃娃就在門邊，要不要衝進去拿了就走？這樣就不必支付壽命了。反正魔法師不在，店裡應該只有那隻貓。好，就這麼辦，我要偷走獨角獸娃娃。」

戴爾吸了一口氣，打開門走進店內。雖然他想要神不知鬼不覺的偷偷潛入，但是門上的鈴鐺發出了很大的聲響。

戴爾在心裡大喊「不妙」，但是事到如今，他已經無法回頭了。戴爾踩在店裡的破銅爛鐵上，一把抓住了獨角獸娃娃。

就在這時，那隻貓從裡面衝了出來。牠瞪大眼睛，發現了戴爾的身影，身上和尾巴的毛全都豎了起來，一下子飛撲過來。牠的爪子用力抓著戴爾的大腿，戴爾痛得忍不住叫了起來。

「可惡！快放開我！」

「不行喵！不可以偷東西喵！」

「少囉嗦！滾開！」

戴爾和橘貓打成一團。

那隻橘貓很頑強，不僅讓戴爾的腿受了傷，就連手和臉也被抓傷，看起來傷痕累累。不過人和貓的體格畢竟有所差異，戴爾終於抓住了貓的脖子，然後用力把貓從自己的身上拉開，向後一丟。

「喂！你不要逃喵！小偷！」

戴爾不顧橘貓大聲叫喊，拿著獨角獸打開了門。他很感謝這道門上的魔法，因為他在轉眼之間就回到了剛才的樹林。

戴爾喘著粗氣，但忍不住笑了出來。

「怎麼樣？這下抓不到我了吧，活該。」

但是當他低頭看向獨角獸時，臉上的笑容卻僵住了。

因為獨角獸的角，那個閃著希希藍的角竟然消失不見了。

戴爾臉色發白，四處尋找都沒有看到獨角獸娃娃的角，應該是在他和橘貓扭打時折斷了。也就是說，那根角一定掉在那家店裡了。

「怎麼會這樣？」戴爾抓了抓頭。

沒有角的獨角獸娃娃和馬根本沒什麼兩樣，高樂夫人看到一定會暴跳如雷。「不對，先等一下，只要對高樂夫人說獨角獸的角從一開始就是斷掉的就行了，重要的是精靈會唱歌，獨角獸會跑。高樂夫人只要聽到精靈唱歌，看到獨角獸繞著她跑應該就會滿意了。鎮定一點，別擔心，只要把精靈娃娃和獨角獸交給高樂夫人，我不僅能撿回一命，還可以大賺一筆。」戴爾不斷說服自己。

「不過獨角獸少了角，就等於是壞掉了。壞掉的玩具還能動嗎？得讓精靈坐在獨角獸的背上確認一下。」

戴爾想把精靈娃娃拿出來，但是再度感到錯愕不已。

「沒有，精靈娃娃不見了……」他原本放在懷裡的娃娃不見了。

他臉色大變的找遍整個樹林，卻什麼都沒找到。戴爾不斷回想，懷疑娃娃該不會掉在魔法師的店裡了吧？然後，他才想起，當橘貓撲向他的時候，好像有什麼東西從他懷裡掉了出來。

「該不會就是那個娃娃吧？」戴爾崩潰了。

他大聲慘叫著丟下獨角獸，不知道跑到什麼地方去了。

6 天氣魔法師

魔法街是一條充滿不可思議事物的街道，許多魔法師都在這條街上經營各自的商店。

這條街位在遠離普通人生活的地方，街上永遠都濃霧瀰漫。不過這只是障眼法，之所以讓街道上瀰漫著濃霧，是要避免受邀來這裡的客人不小心走去其他魔法師的店。實際上，這裡經常陽光普照，既會下雨也會下雪。

變色魔法師譚恩和被他收服的變色龍帕雷特很早就起床了，今天是個陽光燦爛的好日子。外頭的陽光很刺眼，天空晴朗，和風徐徐，既不熱也不冷，是出門的好天氣。

譚恩立刻換了衣服，穿上他喜愛的雨衣和最愛的長雨靴。這樣的穿著並不是因為他擔心會下雨，所以才穿雨衣、雨靴有備無患，而是他喜歡這身打扮。

然後他背上昨天事先準備好的背包，把帕雷特放在肩膀上，沒有吃早餐就出門了。

他出發前往十年屋。因為他今天要和十年屋、客來喜，還有改造魔法師茨露婆婆一起去野餐。

這是八歲的譚恩第一次野餐，他很高興也很興奮，昨天晚上遲遲睡不著。

他步伐輕盈的走在路上，坐在他肩上的帕雷特也心情愉悅的說：

「今天的天氣這麼好，真是太好了。」

「嗯……」

「希望大家會喜歡我們做的檸檬塔。」

「嗯……」

「十年屋的老闆和茨露婆婆，都說會卯足全力做很多好吃的食物帶去野餐，不知道可以吃到什麼好吃的食物。十年屋老闆上次送的蘋果派好吃極了，我好想再吃一次。」

「嗯……」

帕雷特很愛說話，但是譚恩幾乎不怎麼開口。他把雨衣的帽子戴在頭上，始終低著頭，但是嘴角卻露出了開心的微笑。

走了五分鐘左右，譚恩和帕雷特便抵達了十年屋的店門前。譚恩正準備推開白色大門時，一個打扮奇特的婆婆從後方追了上來。

說奇特還真的是很奇特。她剪了個學生頭，頭髮染成粉紅色，還戴了一副鏡片好像玻璃瓶底那麼厚的眼鏡，帽簷很寬的帽子上還有很多裁縫用具。她穿了一件縫了無數顆鈕扣的洋裝，腳上穿著一雙直排輪鞋，背上背著一個小熊形狀的背包，小熊目露凶光，背包上有許多補丁，裡頭塞得鼓鼓的。

這位婆婆就是茨露婆婆，是一位改造魔法師。

「早安！」茨露婆婆很有精神的向他們打招呼。

「早安，茨露婆婆。」

「早安……」

帕雷特的問候很有精神，譚恩則是害羞的打招呼。

「我聽說你們今天也會來，幸好今天天氣很不錯，真是太棒了。聽說絨絨原野上的銀笛草都開花了，正是觀賞的好季節。」

「好期待喔！這是我第一次去絨絨原野，以前也從來沒有看過銀笛草。譚恩也跟我一樣。自從上次收到邀請後，我們一直很期待。譚恩，你說對不對？」

「嗯……」

看到譚恩輕輕的點了點頭，茨露婆婆無奈的笑著說：

「你的朋友帕雷特這麼健談，你卻這麼不愛說話。」

「我不是愛說話，我只是代替譚恩說話。」

他們一邊聊著天，一邊走進了十年屋。

「哇，這裡還是堆滿了東西，十年屋的老闆很不擅長整理嗎？」

「應該是，而且他還堅稱自己已經有整理了，所以我猜他應該很不會整理。喂，十年屋、乖貓，你們起床了嗎？」

店內立刻傳來了回答的聲音。

「這個聲音一聽就知道是茨露婆婆。我們在裡面，請進。」

十年屋的聲音從成堆的破銅爛鐵後方傳來。

他們一起走了進去，看到十年屋坐在後方的櫃臺前，正把茶杯和熱水瓶裝進一個大籃子裡。

「咦？原來不是只有茨露婆婆，譚恩和帕雷特也到了啊。你們早啊。」

「早安，十年屋的老闆，你們還沒有做好出門的準備嗎？」

「說來真是不好意思，直到昨天我都在忙著跑醫院，完全忘了為野餐做準備。」

「醫院？你哪裡不舒服嗎？」

「不，不是我。」

這時，管家貓客來喜從裡頭走了出來，牠一隻手上拿著一大包食物，另一隻手則是綁著白色繃帶。

譚恩和帕雷特看了大吃一驚，特別喜歡客來喜的茨露婆婆，也驚慌失措的叫了起來。

「乖、乖貓，你怎麼了？切菜時不小心切到手了嗎？」

「不，這是光榮的勳章喵。」

「勳章？」

「是喵，因為我奮力對抗小偷喵。」

客來喜得意的挺起胸膛，但是十年屋皺起了眉頭。

「三天前，小偷來我們店裡偷東西，我剛好不在，結果就害客來喜受傷了。」

「我很拚命喵，把小偷抓得遍體鱗傷喵。」

「喔，真厲害，所以你抓到小偷了嗎？」

客來喜聽到帕雷特的問題，低下頭說：

「不，沒抓到……被他逃走了喵，店裡的東西也被他偷走了喵。」

「我不是告訴過你很多次，這種事根本無關緊要嗎？」

看到客來喜沮喪得鬍子都垂了下來，十年屋急忙安慰牠。

「客來喜，看到你用心守護這家店，我當然很高興，但是下次不要再做這麼危險的事。你平安無事我會更高興，知道了嗎？」

「我知道了喵。」

「很好，很好。」

十年屋溫柔的撫摸著客來喜的頭。

不過茨露婆婆仍然一臉擔心。

「傷勢很嚴重嗎？剛才十年屋說，直到昨天都還去醫院，該不會是骨折了吧？」

「不，只是挫傷而已，現在幾乎已經不痛了喵。所以我做了三明治，今天可以去野餐了喵。」

客來喜說完，把手上的那包食物交給十年屋。十年屋把食物放進籃子裡，然後蓋上了蓋子。

「好，便當都裝好了，一切準備就緒。讓你們久等了，我們出發吧。」

「出發嘍！」

茨露婆婆率先走去門口，譚恩和帕雷特跟在她身後，最後走出店外的是十年屋和客來喜。

沒想到……

十年屋剛關上門，前一刻還晴空萬里的藍天，一下子就變得烏雲密布，而且還下起了傾盆大雨。

搶先一步走到街上的茨露婆婆，被雨淋得全身都溼透了。

「嗚哇！」

「怎麼回事！嗚哇！」

「茨露婆婆、譚恩，趕快進來！」

大家急忙回到了十年屋的店內。

「真是傷腦筋，才一下子就被雨淋成了落湯雞，這是怎麼回事啊？」

「太過分了！唉，嚇了我一大跳。」

茨露婆婆和帕雷特都忍不住抱怨。帕雷特可能真的嚇壞了，牠原本綠寶石般顏色的身體變成了水藍色。

一直沒有說話的譚恩突然小聲的說：

「帕雷特……」

「嗯？譚恩，叫我有什麼事？」

「你看……」

不光是帕雷特，所有人都順著譚恩手指的方向看過去。譚恩指著外面的天空，烏雲已經消失了，太陽在美麗的藍天中閃著光芒，天氣很晴朗，令人難以想像剛才還在下雨。

茨露婆婆目瞪口呆。

「太令人驚訝了，這是怎麼回事？」

「不、不知道，但是譚恩，你不覺得有點可怕嗎？」

「嗯……」

但是十年屋和客來喜的態度不太尋常，他們似乎既驚訝又不安，而且還有點失望。

「老闆，這是……」

「嗯，一定是，一定是她的傑作。」

「為什麼偏偏是今天？她真是太可惡了。」

帕雷特的耳朵很靈，聽到了他們的對話。

「老闆，這是怎麼回事？你該不會知道為什麼會有這麼奇怪的天氣吧？」

「嗯……不瞞你說，我的確知道，是我犯了錯。」

「犯了錯？」

「我們之前拜託了天氣魔法師。」

十年屋嘆著氣，把事情的原委說了出來。

✲

那是一個星期前的事。那天下著雨，而且是滂沱大雨。

十年屋和管家貓客來喜心情憂鬱的看著窗外。

「雨一直下不停喵。」

「對啊，看樣子可能會下一整天。」

「為什麼偏偏在我們要出門的日子下雨喵。」客來喜嘆著氣。

今天是他們每月出門一次的日子，照理說，他們會像平時一樣去市場和商店街，買一些平時不會買的奢侈品，或是去有漂亮裝潢的餐廳吃飯。十年屋和客來喜為了這一天，在撲滿裡存了錢，但是外面下這麼大的雨，讓人根本不想出門。

十年屋勸客來喜打消出門的念頭。

「只能等明天再出門了。」

「我不想要等到明天喵。」

客來喜一臉不高興的說。貓咪都很執著，牠已經想好了要出門，卻因為其他原因無法出去，就會讓牠悶悶不樂、心神不寧。

「那要不要撐傘出門？雖然雨這麼大，撐傘根本沒用。」

「我也不想出門撐傘喵，我最討厭淋溼了喵。」

「這也不要，那也不要，我覺得這樣不太好。」

「……」

客來喜轉過身，背對十年屋。牠駝著的背好像在大叫：「好無聊喵！」

看到客來喜不開心的樣子，十年屋下定了決心。

「好吧，那我來找天氣魔法師。」

「天氣魔法師？」

客來喜從來沒有聽過這個名字，急忙轉頭看著十年屋問：

「那是誰喵？也是魔法師喵？」

「對啊，雖然我不太想請她幫忙。」

十年屋在說話時，拿起了放在架子上的銀色骷髏頭。骷髏頭的眼睛鑲著鑽石，他把骷髏頭拿到面前，想著他要呼喚的對象。

不一會兒，鑽石閃爍著光芒，骷髏頭的牙齒發出「喀答喀答」的聲音，然後開了口。

「請問你是哪一位囉？」

女人的聲音有點沙啞。

「你好，我是十年屋。好久不見，我想委託你使用魔法，可以請你過來一趟嗎？」

「當然沒問題，我馬上就過去囉，等我囉。」

那個聲音快樂的把話說完後，骷髏頭便安靜了下來。

十年屋低頭看著客來喜說：

「她馬上就到了。」

「天氣魔法師嗎？」

「對，就是我剛才說話的對象。」

「她說話很奇怪。」

「她本人更奇怪。」

十年屋說得沒錯，上門的天氣魔法師真的是一個奇怪的魔法師。

她的外表看起來像十三歲左右的女生，身材瘦瘦高高的，有一雙鳳眼，上揚的嘴角好像隨時都在笑，臉頰上有很多雀斑。她的皮膚很白，頭髮又黑又直。

她的脖子上戴著用各種不同顏色的大珠子串起來的項鍊，而且還戴了好幾串，每一顆珠子都像糖果那麼大，每一顆都很閃亮。

她還戴了一個有兩隻狐狸耳朵的黃色髮箍，所以她的臉看起來更像狐狸了。

那個女生收起有滾邊的黑色雨傘，露齒笑著說：

「十年屋先生，好久不見囉，你一直沒跟我聯絡，我很寂寞囉。」

「真是不好意思，但是上次吃了很大的悶虧。」

「嘻嘻嘻！那真是太好囉。」

那個女生笑得更開心了，然後看著客來喜說：

「咦？上次來這裡的時候，我沒看到有這麼可愛的貓囉，你是誰囉？」

「我、我叫客來喜喵，是這裡的管家貓喵。」

「喔，原來是這樣囉，我是天氣魔法師比比，請多指教囉。」

「好、好的喵。」

雖然比比笑容可掬，但是客來喜忍不住後退了一步，因為牠覺得必須小心提防她才行。

比比再次轉頭問十年屋：

「所以你要我改變今天的天氣囉？」

「對，請你想想辦法處理這場雨。」

「你想要晴天？陰天？也可以下雪和下冰雹囉。」

「我希望是晴天。」

「那我就為你變晴天囉。」

比比說完，不知道從哪裡拿出了一個很大的沙漏。雖然說是沙漏，但是裡面是空的，無論上面還是下面，都完全沒有沙子。

比比把沙漏交給十年屋後，開始唱起歌來。

向日葵啊在哪裡？
放眼只見滿天星。

即使想要鴨跖草，
卻見滿地香蜂草。
綻放花兒不滿意，
那就轉圈來交換，
心儀花兒到手來。

隨著比比的歌聲越來越嘹亮，光芒也漸漸聚集在十年屋手中沙漏的上半部，接著光芒變成了灰色的雲，雲又下起了滂沱大雨。

沙漏裡正在下著雨。

客來喜看到這神奇的一幕，忍不住屏住了呼吸，但是更令人驚訝的事還在後頭。

沙漏的下半部出現了一個小太陽，看起來比嶄新的金幣更加耀眼，發出燦爛的光芒。

十年屋在比比的示意下，把沙漏倒轉過來。雨雲變成在下方，太陽在上方。

「這樣就搞定囉。」

比比唱完之後，從十年屋的手上搶過沙漏，不知道把它藏到哪裡去了。

「十年屋先生，你今天的天氣就和其他日子的天氣交換囉，也就是說，其他日子會下今天的傾盆大雨，你應該已經知道囉？」

「是的，而且我還知道那一天要由你來決定……可以的話，是不是能選個不會讓我太傷腦筋的日子？」

「這我就無法保證囉，因為讓別人傷腦筋太開心囉。」

天氣魔法師露出燦爛的笑容，十年屋只能無奈的說：

「好吧，那就謝謝你了。關於報酬，你希望我用魔法支付？還是你要選本店的商品？」

「魔法比較好囉。」

「那你要我在什麼東西上使用魔法？」

「這個囉。」

比比指著自己腳上的靴子。那是一雙鞋底很厚的黑色靴子，雖然看起來有點笨重，但是鞋帶是銀色的，仔細一看，鞋跟上還有銀色的星星鉚釘。

「這是我最近買的新鞋，而且很喜歡囉。它很好穿也很好看，如果可以穿十年，一直像新的一樣，我就會很開心囉。」

「我明白了，那就這麼辦吧。」

十年屋說完，從口袋裡拿出一根很細的吸管，他吸了一口氣，立刻吹出一個彩虹色的泡泡。

十年屋把泡泡靠近比比的靴子，同時小聲的唱起歌來。

勿忘草呀時鐘草，阻擋時間的流逝，
木香花呀長春花，編織一個十年籠，
收藏人們的回憶，穿梭過去和未來，
淚滴轉變成微笑，懊惱痛苦變溫和。
收束來保管，好好來守護。

泡泡碰到靴子沒有破掉，反而融入了靴子之中。

「結束了？」

「對，十年魔法的塗層處理完畢，十年之內，這雙鞋子不會有任何磨損，也不會破洞。」

「哇，太棒囉！謝謝！」

比比歡呼著撲向十年屋，緊緊抱住了他。

「那我就回家囉，下次想要改變天氣時，隨時都可以找我囉。」

天氣魔法師蹦蹦跳跳的離開了。

十年屋無奈的轉動著肩膀，回頭看著客來喜說：

「客來喜，那我們出門吧？」

「但是老闆，外面還在下雨喵。」

客來喜指著窗外這麼說，窗外仍然在下著傾盆大雨。

「你看，雨跟剛才一樣大喵，天氣魔法師的魔法好像沒有用喵。」

但是十年屋叫牠不用擔心。

「比比的魔法很靈光，你趕快準備出門，別擔心，我們今天的天氣是大晴天。」

十年屋說得沒錯，當他和客來喜一踏出店外，雨就立刻停了。

客來喜忍不住叫了起來：

「太、太厲害了喵！真的是晴天喵！」

「對啊，比比用魔法把今天的傾盆大雨換到了其他日子，不過問題就在於是哪一天會下雨……算了，總之先好好享受今天吧。我們要先去哪裡？」

「我想去市場喵！要先去魚店，然後還要買火腿喵！」

「我要去男裝店買件新的襯衫，這次就大手筆買件蠶絲襯衫好了。」

「還要去餐廳喵！我想去森林小鹿亭吃午餐喵！」

「我猜你想點那道烤雞肉，就是加了大量起司和胡椒，烤得香噴噴的餐點。」

「當然喵！老闆，你想吃什麼喵？」

「我絕對要點燉牛肉，那家餐廳的肉燉得很軟，入口即化，簡直是極品。」

十年屋和客來喜聊著天，踩著愉快的腳步走向通往市場的道路。

✽

「事情就是這樣，所以今天的雨應該就是那一天的雨。」

十年屋滿臉歉意的看著茨露婆婆和譚恩。

譚恩露出同情的表情，但茨露婆婆看起來有點生氣，很不客氣的罵了十年屋一頓。

「你真傻，竟然去找天氣魔法師，你明明知道她是所有魔法師中最變化無常、最搗蛋的人。」

「我知道啊，上次委託她做事也被她害慘了。」

「十年屋的老闆，那次發生了什麼事？」

「在我叔公慶祝銀婚式那天，遇到了強烈的暴風雨。這麼喜慶的日子，當然不想遇到這種壞天氣，於是我就拜託天氣魔法師幫忙，最後終於能在藍天下順利慶祝叔公的銀婚式，沒想到比比那傢伙，竟然讓我在一年後出門旅行的日子遇上暴風雨。我很期待那趟旅行，規劃好要去很多地方走走看看，結果只能一直躲在飯店裡，一步也沒有踏出門……」

「她把你害得那麼慘，你竟然還去找她？」

「真是太丟臉了……」十年屋露出無力的笑容說，「我和客來喜沒辦法出門了。茨露婆婆，你們去野餐吧，只要我們沒有跟去，外面就會是好天氣。」

平時很少說話的譚恩，忍不住張開了嘴，他想要說：「這可不行。」

但是茨露婆婆搶先一步，用受不了的語氣說：

「你真的是個傻瓜，根本不了解野餐的意義。你聽好了，野餐最重要的就是大家聚在一起吃便當，大家一起度過快樂的時光，只要能做到這一點，無論在哪裡野餐都沒關係。舉個例子來說……嗯，對了，我們就在這裡野餐也可以啊。」

聽了茨露婆婆的話，大家才恍然大悟。

接下來的十分鐘，所有人都忙成一團，把占地方的家具和木箱推到後方，再把成堆的書和鞋子推開騰出空間。原本只能勉強讓一個人通過的走道越來越寬敞，最後終於騰出了足夠的位置。

在那裡鋪好墊子後，大家都脫下鞋子坐到野餐墊上，再把各自準備的便當和料理擺放出來，看起來完全就是在野餐沒錯。

大家快樂的享受著與眾不同的野餐時光，坐在地上抬頭看店裡的東西，感覺和平時完全不一樣。

「這樣很不錯，感覺就像是闖入洞窟的探險家。」

茨露婆婆說著，吃了一口客來喜做的燻雞起司三明治。十年屋吃著譚恩帶來的檸檬塔，譚恩、帕雷特和客來喜則是享用茨露婆婆特製的蓬鬆雞蛋料理，個個眼睛都亮了起來。

譚恩似乎想到了什麼事，用手指戳了戳帕雷特，帕雷特立刻明白了譚恩想要說什麼。

「喔，你是說那件事。茨露婆婆，譚恩想要給你看一樣東西。」

「給我看嗎？」

「對，兩天前我們去採黑莓，就是客來喜上次告訴我們的地方。我們在那片樹林中撿到一個娃娃，雖然看起來很髒，只不過不知道為什麼，譚恩說他很在意，但又不能讓娃娃就這樣髒髒的，所以能不能請你改造一下？」

「是怎樣的娃娃？先給我看一下。」

聽到茨露婆婆這麼問，譚恩便從背包裡拿出了娃娃。帕雷特說得沒錯，那個娃娃沾到了泥土和青草汁，看起來髒兮兮的。

「嗯，真的很髒。不過這是什麼？是馬嗎？」

「嗯，我好像看過這個娃娃。」

茨露婆婆和十年屋說話的時候，店裡的某個地方傳來了歌聲。

「這是什麼聲音？十年屋，你養了金絲雀嗎？」

「沒有啊。這個聲音……喔，原來是這個。」

十年屋在櫃臺下方摸索了一下，拿出一個娃娃。那是有著藍色頭髮和透明翅膀的精靈娃娃，娃娃很破舊，頭和翅膀都快掉下來了，但是的確是那個精靈娃娃在唱歌。

茨露婆婆大吃一驚的說：

「真令人驚訝，這個娃娃頭髮的顏色……是希希・坦特的作品，你怎麼會有這個？」

「是那個小偷掉的。這個娃娃在他和客來喜扭打的時候掉了下來，我原本還打算用這個娃娃詛咒那個小偷。」

「別說詛咒這種可怕的話。」

「當然要詛咒他啊，因為他害客來喜受了傷。我可以原諒他偷竊的行為，但絕對不能原諒他傷害客來喜。」十年屋露出可怕的表情這麼說。

帕雷特大叫起來。「你已經下了詛咒嗎？」

「沒有，因為……這個娃娃好像也不是那個小偷的，就算我下了詛咒，遭殃的也只有娃娃真正的主人，所以我就放棄了。」

「這樣才對嘛，」茨露婆婆點了點頭，「不需要你特別下詛咒，做這種壞事的人不會有好下場的。話說回來，娃娃為什麼會突然開始唱歌？其中有什麼玄機嗎？」

「茨露婆婆，我想應該和那個娃娃有關。」

「嗯？譚恩，你的娃娃可不可以借我一下？」

「好……」

茨露婆婆從譚恩手上接過娃娃，然後放到精靈娃娃的身旁，結果精靈娃娃更大聲的唱出歡喜之歌。

「原來是這樣。」

「你知道是什麼原因了嗎？」

「嗯，這兩個娃娃好像是老朋友……這樣啊，它們分離了很久，現在終於重逢了。太好了、太好了，那我就重新改造一下，讓你們在一起，以後再也不分開。十年屋、譚恩，你們可以把這兩個娃娃送給我嗎？」

十年屋聽了茨露婆婆的話，露出為難的表情。

「我很想送你，但是這並不是我的東西。」十年屋說。

「反正是小偷掉的東西，有什麼關係嘛。」

「我是在意娃娃真正的主人。這個娃娃之前被照顧得很好……我猜它真正的主人一定在找它。」

「是喵，如果茨露婆婆改造它們，那娃娃真正的主人就找不到它了，這樣太可憐了喵。」

茨露婆婆眨著眼睛對擔心的客來喜說：

「這倒是不必擔心。被主人好好珍惜的物品，在改造過後和主人的連結也不會斷掉，所以這個娃娃以後一定會回到真正的主人手上。」

「是這樣嗎喵？」

「就是這樣啊。十年屋，怎麼樣？這個娃娃可以送給我嗎？」

「沒問題，」十年屋終於點頭同意，「那就交給你了。」

謝謝。譚恩，那你呢？可以把這個娃娃送我嗎？」

「我也沒問題……」

「太好了，那我馬上動手改造。」

茨露婆婆吸了一口氣，立刻開始用改造魔法改造娃娃。

尾聲

皮娜在心裡流淚。

最近一直很不順利。

三天前，她跌了一跤，膝蓋都磨破了。

昨天，媽媽帶她去看牙醫，打了很痛的針，醫生用電鑽在蛀牙的地方鑽了半天。

今天她原本想和朋友一起去玩，但是媽媽叫她去買東西，她很不高興。

皮娜拎著購物籃，垂頭喪氣的走在街上。她覺得自己在更早之前就開始不幸了。一個月前，她被一個陌生的叔叔騙了，這件事成為了她內心的創傷。

她在公園玩扮家家酒的時候，有個叔叔突然跑到她面前，說她家裡失火了。皮娜急急忙忙的跑回家，結果發現根本沒有這回事。

「這是怎麼回事？那個叔叔為什麼要騙人？」

她納悶的回到公園，發現自己的娃娃少了一個。那是奶奶送她的娃娃，她把它取名叫泰莉。那個娃娃有一對漂亮的翅膀，還有明亮的藍色頭髮，她一直都很喜歡那個娃娃。

「一定是被那個叔叔偷走的。」皮娜氣得直跺腳。

她在街上找了好幾天，想要找到那個叔叔，但是最後既沒有找到那個叔叔，也沒有找到泰莉。

「唉，不知道泰莉現在在哪裡？」

皮娜嘆著氣走進一條小路，那是通往市場的捷徑。就在這時，她發現有個東西在口袋裡滾來滾去。

她把口袋裡的東西拿出來，忍不住皺起眉頭。那是昨天牙醫送她的口香糖，而且是她最討厭的薄荷口味，吃了會讓舌頭刺刺的，一點都不好吃。

「我才不要這種東西，也不要糖果或巧克力，我只想要泰莉。」淚水忍不住又流了下來。皮娜用力揉了揉眼睛看向前方，忍不住嚇了一跳，因為前方有濃霧飄了過來。

她被飄過來的濃霧吞噬，瞬間失去了方向感，完全不知道自己該走往哪個方向。

這時，她看到了燈光。

定睛細看，會發現一棟外形像針線盒一樣的房子，屋頂有一團很大的毛線球，門和窗都是鈕扣的形狀，牆壁上也都是鈕扣。這棟房子很奇妙卻很可愛，看起來很歡樂。

她情不自禁的走過去，發現窗戶旁放了一個小盒子。盒子用黑檀木做的盒子擦得發亮，應該是珠寶盒。盒子用貝殼鑲嵌出精靈和獨角獸的圖案，精靈留著一頭漂亮的藍色頭髮，長長的頭髮飛揚飄逸，獨角獸的角也是相同顏色，可以感覺到精靈和獨角獸彼此心心相印。

皮娜出神的看著小盒子，她想那個盒子一定很貴，像她這種小孩一定買不起。但是她很想要那個珠寶盒，因為那個精靈簡直和泰莉長得一模一樣，而且獨角獸看起來也很棒。

皮娜入迷的注視著那個小盒子，完全沒留意到時間的流逝。

這時，那棟房子的門突然打開了。一個從沒見過的奇怪老婆婆走了出來，她穿著一件滿是鈕扣的衣服，帽子上還有毛線球和剪刀。她一看到皮娜，立刻露出了微笑。

「歡迎光臨，小妹妹，歡迎你來我的改造屋。嗯……你是不是有不需要的東西？怎麼樣？要不要用你不需要的東西來交換我店裡的商品？我店裡的任何商品都可以隨便選，要不要交換呢？」

皮娜大吃一驚，雖然她有不需要的口香糖，但是這種東西根本沒有任何價值，怎麼可能換得到東西？

但是那個老婆婆即使看到皮娜拿出口香糖也沒有失望，反而開心的搓著雙手。

「太好了，原來是薄荷口香糖。嗯嗯嗯，我想到了很多好點子。這個口香糖可以給我嗎？你可以選我店裡的任何一個商品交換，選什麼都行。」

「真的可以嗎？」

「當然可以，我是認真的。來，進來吧，進來挑選你喜歡的東西，店裡有很多你會喜歡的商品。」

皮娜指著放在窗邊的漂亮小盒子說：

「不用進去沒關係，我已經決定好想要的東西了。」

推薦文

就算是十年屋的魔法，也保管不了……

◎文／許慧貞（花蓮明義國小教師）

十年屋故事的序章是這麼說著的：「有些心愛的物品，即使壞了也捨不得丟。正因為是充滿回憶的物品，所以也希望可以把它們好好保管在某個地方。」相信這段文字一定能直接擊中許多讀者的心事，不論是小孩或大人，總有著專屬於自己的寶貝珍藏，不管那樣物品在他人眼中是如何不起眼，但因著其中的珍貴回憶，你就是想要任性的、長長久久保有它。在閱讀故事之前，不妨也帶著孩子一起想想最珍貴的東西是什麼。

作者廣嶋玲子以充滿魔幻的美麗文字，帶領讀者想像那神祕的「魔法十年屋」所在：「眼前的藍灰色濃霧把整條街道籠罩在一片朦朧之中，散發出淡淡的銀色光芒。這片霧氣似乎也將聲音收攏了起來，聽不到半點聲響。」就在這片蒼茫靜謐的氛圍中，託管者懷揣著千絲萬縷的複雜心緒，來到十年屋託交出等值一年生命的重要物品，其中潛藏著忘也忘不了的回憶，或是思念、或是懊悔、或是傷痛。

隨著時間流逝，當初託管的糾結或許早已被拋諸腦後，但十年屋仍會通知你領回物品，這份來自十年前的訊息，讓當事人恍若穿越時光隧道，再度與當年的自己重逢，曾經的執著與情緒，在歷經時間的洗鍊之後，蛻變為另一番領悟與智慧。這樣的故事情景設定實在是太迷人了，教人不得不嘆服：廣嶋玲子真不愧是位故事魔法師！

縱使十年屋號稱可以為客人保管「任何」東西，但在這集故事中，十年屋讓我們了解，魔法雖然看似無所不能，但魔法師卻有「選擇權」，某些情況下，他也可以拒絕使用便利的魔法。像是〈來自大海的朋友〉故事中，舉了一個非常棒的例子！

十年屋這麼說的：「請你了解這一點，朋友並不屬於你，無論他對你而言有多重要都一樣。」對孩子來說，這是一個相當重要的議題。「友誼」是孩子成長過程中最期待而珍貴的寶藏，總恨不得時時刻刻和「好朋友」膩在一起，甚至連下課時上個廁所都捨不得分開。然而，就算再要好的朋友，也有不得不分開的時候，其間分寸該如何拿捏，確實是值得和孩子好好討論的人生功課。藉由故事，我們正可和孩子聊聊如何自在與朋友相處，學習彼此關心並保有各自空間，從中享受友誼所帶來的滿足與喜悅。

此外，〈嫉妒的面具〉也令人印象相當深刻，廣嶋玲子讓我們看到「嫉妒」是如何掌控了娜美，令她犯下讓自己懊悔不已的錯誤。多年來，那揮之不去的心魔不斷折磨著她，迫使她得透過寫作尋找出口，也因此成為知名的作家。當十年之約到來，娜美得站在自己的恥辱面前，再度面對自己的脆弱。娜美的抉擇讓我相當感動，「我必須……向前走。」娜美知道，只有勇敢和心魔正面對決，才能夠真正自我療癒。

每位來到十年屋的顧客，他們所懷抱的糾結，其實也是我們的困惑，透過閱讀，孩子們正可藉此和故事裡的主角一起面對挫折、解決問題。更重要的是，這些故事可以讓孩子從中體會，在充滿挑戰的成長旅程上，他們並不孤單，書中人物也和他們面對了相似的挫敗與困擾，這正是閱讀最美好的價值所在。

永流傳的家族食譜

◎活動設計／許慧貞（花蓮明義國小教師）

在〈頑固爸爸的番茄海鮮湯〉中，我們感受到埃佐爸爸滿滿的思念和愛，以及新郎納智再也見不到爸爸的遺憾。現在就學學埃佐爸爸，做一份最拿手的餐點，即時表達對最親愛的家人摯友滿滿感謝情意吧！或者，你也可以訪問家人，是否有什麼屬於家族的代表餐點，把食譜記錄下來喔！

◆ 請寫下你的食譜：

- **餐點名稱：**
- **材料：**
- **作法：**

◆ 為你的餐點設計一個美美的擺盤：

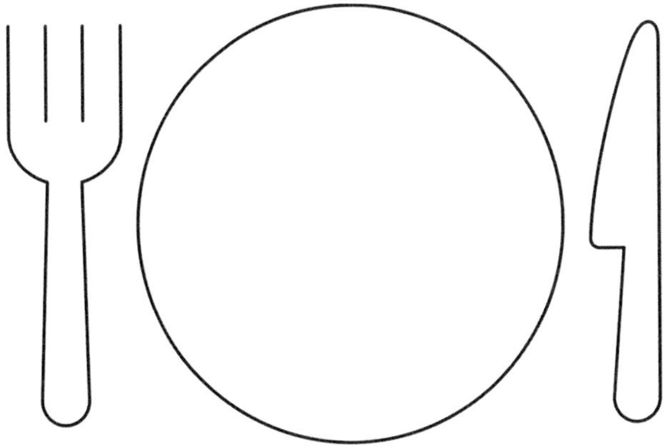

◆ 你想將這道餐點獻給誰呢？請寫一封情意滿滿的信給他吧！

魔法十年屋3
拒絕委託的十年屋

作　　者｜廣嶋玲子
插　　圖｜佐竹美保
譯　　者｜王蘊潔

責任編輯｜楊琇珊
特約編輯｜葉依慈
封面設計｜蕭雅慧
電腦排版｜中原造像股份有限公司
行銷企劃｜劉盈萱

天下雜誌群創辦人｜殷允芃
董事長兼執行長｜何琦瑜
媒體暨產品事業群
總經理｜游玉雪
副總經理｜林彥傑
總編輯｜林欣靜
行銷總監｜林育菁
副總監｜李幼婷
版權主任｜何晨瑋、黃微真

出 版 者｜親子天下股份有限公司
地　　址｜台北市 104 建國北路一段 96 號 4 樓
電　　話｜（02）2509-2800　傳真｜（02）2509-2462
網　　址｜www.parenting.com.tw
讀者服務專線｜（02）2662-0332　週一～週五：09:00~17:30
讀者服務傳真｜（02）2662-6048
客服信箱｜parenting@cw.com.tw
法律顧問｜台英國際商務法律事務所．羅明通律師
製版印刷｜中原造像股份有限公司
總 經 銷｜大和圖書有限公司　電話：（02）8990-2588

出版日期｜2021年11月第一版第一次印行
2024年 7 月第一版第九次印行
定　　價｜320元
書　　號｜BKKCJ077P
ISBN｜978-626-305-094-5（平裝）

訂購服務
親子天下 Shopping｜shopping.parenting.com.tw
海外．大量訂購｜parenting@cw.com.tw
書香花園｜台北市建國北路二段6巷11號　電話（02）2506-1635
劃撥帳號｜50331356　親子天下股份有限公司

立即購買 >
有聲故事書

國家圖書館出版品預行編目資料

魔法十年屋 3：拒絕委託的十年屋／廣嶋玲子 文；佐竹美保 圖；王蘊潔 譯. -- 初版. -- 臺北市：親子天下股份有限公司, 2021.11
264面；17X21公分. --（樂讀456系列；77）

ISBN 978-626-305-094-5（平裝）

861.596　　110015411